我在这里

泥 巴 ◎ 著

『六棱石』丛书

大解 ◎ 主编

花山文艺出版社
河北·石家庄

图书在版编目（CIP）数据

我在这里 / 泥巴著. -- 石家庄：花山文艺出版社，2024.10. -- （"六棱石"丛书 / 大解主编）. -- ISBN 978-7-5511-7345-2

Ⅰ．I227

中国国家版本馆CIP数据核字第20243Z7C48号

丛 书 名："六棱石"丛书
主　　编：大　解
书　　名：我在这里
　　　　　WO ZAI ZHE LI
著　　者：泥　巴
选题策划：郝建国
出版统筹：王玉晓
责任编辑：林艳辉
责任校对：李　伟
装帧设计：陈　淼
出版发行：花山文艺出版社（邮政编码：050061）
　　　　　（河北省石家庄市友谊北大街330号）
销售热线：0311-88643299 / 96 / 17
印　　刷：保定市正大印刷有限公司
经　　销：新华书店
开　　本：787mm×1092mm　1/32
印　　张：7.375
字　　数：118千字
版　　次：2024年10月第1版　2024年10月第1次印刷
书　　号：ISBN 978-7-5511-7345-2
定　　价：52.00元

（版权所有　翻印必究·印装有误　负责调换）

总序：辨识度，是衡量一个诗人价值的绝对尺度

大解

在当代诗人中选出六位辨识度极强的诗人，是件有意思的事情。

本套丛书共收录谢君、曹五木、李志勇、李双、泥巴、高英英六位诗人的诗集，花山文艺出版社社长郝建国将其命名为"六棱石"丛书，寓意来自天然水晶的形态。水晶是六棱的透明的宝石，坚硬，清澈，棱角分明，每个侧面都在闪光。把六位诗人集结在一起，是缘分也是必然。他们的诗歌个性鲜明，在诗人群体中闪烁着不一样的光芒，这令我印象深刻，因此选择了他们。

现代诗经过百年的不断探索，跌宕起伏走到今天，已经进入了静水深流的平稳期，有信心、有能力的诗人们潜心于创作，产出了许多优秀的作品，并成为汉语文学中的重要收获。同时也必须承认，由于诗歌潮流的巨大惯性，诗人们在大致相同的历史语境下，创作取向明显趋同，同质化写作已经引起了人们的警觉和有意回避。如何在群体中确立自己的独特话语体系和精神面貌，彰显出个性，已经成为少数

探索者的努力方向。在这样的写作背景下，作为一个诗人，作品的辨识度变得尤为重要，甚至成为衡量一个诗人存在价值的绝对尺度。

当下优秀的诗人和诗歌作品，可以拉出一个长长的名单，但我从众多的诗人中挑选出谢君、曹五木、李志勇、李双、泥巴、高英英这六个人，我看重的就是他们独特的诗歌特质、极具个性的辨识度。我关注他们的作品已经很长时间，有的几年，有的二十余年，最终把他们集结在一套丛书里，介绍给读者，也算是完成了一个心愿。下面我单独介绍这六位诗人。

谢君 解读谢君的诗，需要关注两个向度，一个是当下现场，即具象的现实世界；另一个则是跟随他进入历史的云烟，一再复活那些消逝的岁月。他在当下事件与过往经历的纠缠拉扯中，总是略有一些倾斜，为回归历史预留下较为宽阔的空间，并且多层次、多角度地深入每一个具体的瞬间，甚至在细节中抽出一些多出来的东西，而那些多出来的东西也许就是诗的灵魂。他似乎从每一个事件的节点都能找到回归往昔的路径，而且越走越深，越走越远，直至将个人的经历扩展为大于自身的时代梦幻，乃至构成漫无边际的生存背景。而这些构成他精神元素的东西并非谢君所独有，那是一个无限开放的空间，谁也无法封存人类共有的资源，甚至谁都可以挖掘和索取，可惜的是，健忘症已经抹去了无数人的记忆，只把那些有价值的东西留给少数人，而谢君恰好在此找到了属于自己的语言路径。他自由往返于个体记忆与集体记忆之间，把历史默片制作成具有个人属性的有声专集，在这专集里，他是主演，同时也是旁观者，他亲历、记录、发现，他用自身代替了一个庞大的群体，在独自言说时收获了历史的回声。在他的语言世界里，有刺痛，有忧心，有焦虑，有绝望，也有希望和百折不挠的生命力。而在表现方式上，我非常喜欢他的言说语气，他的叙述似乎带有迷惑性，具象而又迷离，跟随他的诗行，你会感受到他的体重，他的艰难，他负重的脚步……他像一个殉道者踏着荆棘在寻找精神的边界。他的诗，总是在向上拉升的同时，显示出反向的沉沦和历史的重力，并以此提醒人们注意这个世界的复杂性。

曹五木 我认识曹五木二十多年了，最早给我震撼的是他的一本开本极小的口袋书《张大郢》，虽然只是自印的一本小册子，但是这本诗集的冲击力让我至今难忘。他的放松、自由，甚至野蛮、无拘无束的书写方式，也可以说没有方式，他想怎么写就怎么写，其大胆而纯粹的诗性叙述,就像在荒原上开出一条先河。此后,我一直跟踪关注曹五木的诗,也看到他的一些变化。《张大郢》是一个完整的寓言,而收入诗集《瓦砾》中的诗,则是他多年的作品结集,时间跨度二十多年,他把寓言打成无数个碎片,通过每一首诗呈现出不同的人间世相,或者是精神幻象。他的视角往往是经过多重折射甚至是弯曲的,因而他的诗无论是清澈还是混浊,都已经穿透现实并且脱离了事物的原意,呈现出飘忽的不确定性。而在他独特的表述中,语言总是自带光环,散发着迷人的光晕。更难能可贵的是,他紧贴地面的写作姿势,给他的寓言建立了现实的可靠性和合法性,仿佛神话与生活原本就是一体,至少是同步。他总是毫不掩饰地把当代性埋伏在具象的精神肌理中,看似已经沉潜,而心灵时刻都在飞翔,而且带着原始的、本能的冲撞力。在曹五木的诗中,你能看到他的经历,也能感到他所构筑的语言世界,以多重幻象回应着现世,而他在现实与非现实中游走自如,仿佛地心引力只是一个假设,并非真的存在。

  李志勇 我跟踪李志勇的创作已经将近二十年,在这个千帆竞技的时代,他的诗是个异数。他与所有人不同,以其独特性确立了自己卓尔不群的艺术风格。通俗地说，没有人像他这样写诗。他的客观、冷静、安宁、纯净，几乎到了"令人发指"的程度。他忽视了时间和急速流变的过眼云烟，把慢生活写到了静止的程度，仿佛处在一个凝固的世界。他本身就像一个静物，与周围的山川、河流、石头、雨雪、树木、一花一草和谐共居，并专注于对远近事物的凝视和书写。他异于常人的观察和理解世界的方式，他的角度，他的想象力，他的略显笨拙的语言表达方式，他的行文风格，他的不可模仿和复制性，都让人着迷。诗坛上只能有一个李志勇。就凭这一点，他可以骄傲地把脚翘到桌子上写作，而不必受到指责。

李双 关注李双的诗，不超过一年的时间，一次偶然在微信中发现了他的诗，一下子就被他迷住了，此后便盯住了他。让我说出李双诗歌的特征是费力的，他几乎是一个无法把握和定性的诗人。在他的笔下，即使是一首单纯的诗，里面的向度也是多重穿透并且相互交织的，其复杂程度不亚于一个不断被重组的梦境，模糊而又失序，却散发着神秘的气息。他试图用梦境笼罩现实，或者说把现实拆解为碎片并提升到高空，让每一个失重的物象独自发光，并在混沌中构成一个星移斗转的小宇宙。寓言帮助了他,允许他任意使用世间所有的元素而不用考虑其合理性,他自己就是制度和法官,同时也是语言的暴力僭越者,在诗中逃亡。他的诗是抓不住的,有些甚至是不可解的。我不愿像统计师那样条分缕析地去梳理他的现实和精神脉络,以求得出一个正确的答案。他的诗可能是不正确的典范,会让那些循规蹈矩的人们穷经皓首也得不到要领,因为他的诗歌出口太多,每一条路径都通向不可知的去处,恐怕连他自己都会迷路。读他的诗,我总有一种突兀感和撞击感,似乎是对常理和语言的冒犯,但又无可指摘。我惊异于他的胆量和独一无二的表现方式。如果不考虑沉潜和谦逊,李双可以举着大拇指走路,作为一个孤勇者,他可以目不斜视。

泥巴 一次偶然在微信中读到泥巴的诗,然后搜索到他更多的诗。此前,我并不了解这位诗人,后来我通过朋友圈联系到他,并向他约稿。正如他的诗集名字《我在这里》一样,泥巴的诗写的是这里、此在、当下、正在发生的事件。他所说的这里,其范围甚至小到具体的教室、居所、卧室、最亲的家人,包括他自己。他没有波澜壮阔的生命经历,没有英雄事迹,他就是生活在上海的某个小区里的一个普通人，每天上班下班，家居生活，吃饭睡觉。他的诗写的就是这些普普通通的生活，语言也不华丽，情感也不激荡。苦和累，疾病和健康，幸福和不幸，都被他作为命运的安排和赐予，平静地全盘收下，无欣喜也无悲伤。他的诗，平静、安然、温馨、豁达、感恩，一切都是那么亲切和真实。他的在场性抒写是与生活同步的，既不低于现实也不高于现实，却大于现实，成为一个人的心灵档案，甚至构成一个人的命运史诗。我喜欢他诗中的真、实、坦然、毫无修饰的复印般的详细生活记录，他的自言自语，他的小心思和大情怀……他以囊括一切的怀抱，几乎是把生活原貌搬进了诗中，朴素、自然、平和，春风化雨般了无痕迹，在个人的点点滴滴中露出一个时代的边角。他的创作实践，让我们知道，诗歌可以像空气一样包裹万事万物，一切都可以成为诗。或者说，泥巴给了我们一个写作范式，生活本身就是诗，语言所到之处，泥土和空气也会发光，万物在相互照亮。

高英英 接触到高英英的诗，是近两年的事情。她是河北诗人，虽然我们居住在同一座城市，但我此前对她并不了解，也缺少关注。直到有一天，我在微信上偶然读到她的诗，也

我在这里

就是诗集《时间书》中的第一辑"长歌"中的一部分,《鲲鳟》《神造好一座山》《不周山》《济之南》《泰山》《长安》《煮海》《一天》等,读后我沉默了许久,有一种被惊到的感觉,很难想象这些诗出自一个年轻诗人之手。我见过高英英两三次,都是在文学活动中,印象中她是一个文静内向的女子,很少说话,几乎没有存在感,没想到她的诗竟然是如此奇崛,高山大海,波澜壮阔。她的这些诗"胆大包天",穿过现实直奔寓言和神话,她仿佛是创世主的一个帮手,在语言世界中对山川风物进行了再造和升级,成为一种耸入云端的精神存在。中国传统文化中有许多古老的元素,像种子一样沉淀在我们的文化基因中,只有获得息壤的人才能拓展土地的边疆并让万物发芽。在创世语境中,神话没有边界,语言大于现实,并且随意生成,不存在禁忌,所写即所是。但是高英英并非一直沉浸在神话中,而是拍了拍手上的泥土,收工了,不干了。像神脱掉光环,显现为肉身,高英英选择从太古的幻象中抽离,又回到现实世界中,直面日常琐事,成为一个职员和家庭主妇。她的《银行到点就关门》等书写日常生活的诗篇,让我们看到一个普通人的一面。这也是她的多面性。高英英的诗还在不断变化中,我相信她有能力走得更远。

以上这些是我根据自己的阅读感受和理解做的一些短评，难免有谬误或偏颇之处，好在读者自有其评判尺度和标准。谢君、曹五木、李志勇、李双、泥巴、高英英这六位诗人的诗，风格各异，创作路数完全不同，每个人都是不可替代的，也都是我看重的诗人，今后我还将继续关注他们的作品。我知道，汉语诗坛上具有个性的诗人何止这六人，这套"六棱石"丛书只是一个发现和推送的开端，今后若有机会我愿向读者推荐更多的诗人和作品。

2024 年 3 月 10 日于石家庄

自序
泥巴

年轻时，我没想到自己会成为一位诗人。写诗大概是命运的安排。

2002年之后，我调动到了上海，在一所公办初中任教，生源不好，工资不高。本身工作压力就很大，再加上还贷压力，而且，在一个陌生城市，连一个说话解闷的朋友都没有。夫妻俩一直拼命工作，几乎没有休息日。长时间下来，身体和精神都吃不消了，生了一场大病。还好，熬了过来。

这一段劳碌生活，给我的教训就是，我应该有个寄托身心的兴趣爱好，把注意力从工作中转移出来。

于是，我选择了诗歌。先是对对联，写旧诗，慢慢地过渡到了现代诗。是的，我找到了自己的兴趣所在，世界也向我敞开了一扇窗子，接触到了一个更为辽阔的世界。这里的辽阔有两层意思。第一，我接触到了狭窄生活中永远接触不到的天南海北的诗友，他们的情谊填补了我身在异乡的孤独。第二，我在教书之外，体会到了天马行空的写作带来的愉悦感和成就感。

于是，我就这样写了下去。我写作的开端，

我在这里

主要是大病初愈，重新打量这个世界时带来的感动。我感恩这个世界，尤其是家人对我的不离不弃，单位对我的包容照顾。现在，又加上朋友间的相互关爱和相互亲近。这些都是我能坚持下去的动力。

大解老师让我说说，我在诗歌上的探索和理想，这让我很难为情，因为我就是那么自然而然地开始写了，又自然而然地写了下去。开始时，是因为倾吐的愿望，后来，大概就是朋友之间的激励，至于艺术追求，似有似无，并不明确。我更看重的是围绕着诗歌，我结识了一群志同道合的朋友，我看重朋友之间的情谊远大于对诗歌理念的追求。我们这一群人相伴着从乌鸦训练营到积雪山庄，再到曹五木的"第一谈"，参与了各种学习培训，实际上真正学到的理论记不住多少，重要的是陪伴。理论听不懂关系不大，关键是我们有一个在友好中竞争，在竞争中进步的氛围。

我的诗歌确实是有所进步的，但没有追求过什么特定目标。我的经验大多来自对国内诗人的阅读，好诗我就多读几遍。我接触到的诗歌和大家在网络上接触到的相似。对我影响较大的诗人有娜夜、小引、李志勇、张执浩、李元胜等，但也是止于欣赏，没法学，也学不像。我写了十年诗，当然也形成了自己的写作特点。我的朋友评价我的诗歌,用的比较多的词是"真诚"和"温暖"。而这两个特质,恰恰是我接触诗歌以来,从诗人圈中感受到的东西。换句话说,生活给了我什么,我就写出了什么。感谢朋友们带给我的一切。

这一次,大解老师向我约稿,我还是很忐忑的。一直到诗歌整理完,我都不敢想自己也出了一本诗集。整理完诗稿之后,我通读了一遍,大体上还说得过去。就在前一阵,情绪低落时,我又阅读了一遍,这些诗令我平静,它甚至对我自身也有很强的抚慰作用。我才确信,我这本诗集是有价值的,没有辜负大家的期望。

在此感谢妻子和父母对我一直的支持和鼓励,感谢大解老师的推荐,感谢禾秀的整理、删改和建议,感谢花山文艺出版社的出版。

目录

在鸽子的脖颈儿上 / 001

信——给妻子 / 002

写给天武 / 003

晚饭后 / 004

我在这里 / 005

蔷薇 / 007

栀子花 / 008

病后杂句 / 009

蒙蒙虫 / 014

梅雨季 / 016

麻雀 / 017

秩序 / 018

唱歌的人不许掉眼泪 / 020

下午的坡度 / 021

波纹漾起 / 022

渐渐透明 / 023

一个家庭的构成 / 024

我们 / 025

最外圈的年轮 / 026

群峰之上 / 027

观音岩 / 028

我在这里

月亮背面 / 029
虫类有声 / 030
喜悦的颜色 / 031
大雪 / 032
冬至寄北 / 033
郑州 / 034
晴天 / 035
白手套 / 036
李明和安安 / 037
背后 / 038
今日阴 / 040
可能 / 041
譬如 / 042
听布罗茨基读诗 / 043
地窖 / 044
斧子 / 045
母亲 / 046
雨的人 / 047
街角听车 / 048
把马牵回来 / 050
饮食四则 / 051
桦树 / 054
最后一课 / 055
伤别赋 / 056
明亮 / 057

二十二岁的父亲 / 058

夜雨寄北 / 059

万物静默如谜 / 060

云中 / 061

饮酒记 / 062

笨拙的事物 / 063

雪是暖的 / 064

诸子的黄昏 / 065

茶台 / 067

致 / 069

渐次盛开 / 070

大动物 / 071

沉睡的象群 / 072

一日三记 / 073

七夕 / 076

好姑娘 / 077

秋 / 078

致友人 / 079

说说文字 / 080

一个问题 / 082

幸福的事——写给麦花 / 084

一个事 / 085

方式 / 086

堂吉诃德的元旦 / 087

晴,但更冷 / 088

我在这里

留声机 / 089

哭出声来 / 090

写在前面 / 091

兄弟——与非可说 / 092

灯笼 / 093

依靠 / 094

妻子的午睡 / 095

写给她 / 096

春日自叙 / 097

态度 / 098

青山不改，绿水长流——和常美 / 099

群山之上 / 100

应该有一本书 / 102

篮子里的花 / 103

屋顶长出青草 / 108

晚霞或击壤歌 / 109

笃定——回小燕 / 110

烂柯山 / 111

白鹭或白鹅 / 112

废弃的诗 / 113

墓志铭 / 115

寿眉 / 116

孩子们的网课 / 117

巢 / 118

第十六封信 / 119

第十七封信 / 121
第十八封信 / 123
傍晚的关系学 / 125
秋天 / 126
阳光好的时刻 / 128
我的诗 / 130
阅读 / 131
秋天的读本 / 133
深居的神祇 / 135
暮色四合 / 136
落日美学 / 137
无神论者的晚祷书 / 138
鸢尾花 / 139
晴天里的人 / 140
新年问候 / 141
给非木 / 143
她昨天来信说 / 144
白马 / 145
我居住的城市 / 146
群岛 / 147
雪 / 148
喜鹊 / 149
百合花 / 150
星空 / 152
青瓦——写给常美 / 153

我在这里

错误见解 / 154
当我写得艰难 / 155
桐木 / 156
等我走后 / 157
乌有镇 / 158
鱼刺——赠白瀚水老师 / 160
书中的描写 / 161
偏爱 / 162
初夏 / 163
暮色 / 164
不是 / 165
自画像 / 167
想一想中午，想一想你 / 169
对衰老的回答 / 170
有一天我会见到你 / 171
为什么不是榆树 / 172
口服液 / 173
孩子 / 174
露水 / 176
想在小区里养只小松鼠 / 177
对话 / 178
与谁人书 / 179
水珠挂在电线上 / 180
点灯——致辛波斯卡 / 181
英语老师 / 182

田野 / 183

赠非可 / 184

雨夜 / 186

看见菊花 / 187

花喜鹊 / 188

存在的瞬间 / 189

我第一次看见的雕像 / 190

明日去江东 / 191

亲爱的卡伦 / 194

琵琶行 / 195

具体 / 197

秘密 / 198

在这儿坐着 / 199

来自杂志 / 201

与五木书 / 202

构思 / 204

沿着白云的山谷 / 205

缓缓归矣 / 207

人生五十 / 208

枝条 / 209

在鸽子的脖颈儿上

渺小而且轻,
我们安静地飘着,有一些薄而且透明。
被忽略久了,
就有点儿喜欢这样的一生。
颈,它读梗。
亲爱的,好不好,我们搬到
一只鸽子的脖颈儿上。
那里有一圈
天底下最柔和的绒毛。还紫还蓝,
有幽幽的光线。
它是地毯,是墙,是床铺,
也是花园。沿梯子往下,
是我们的菜窖。向上的树木,
挂着孩子的滑板。
颈,它读梗。亲爱的,
好不好?
给我们的孩子,起一个比尘埃
还小的名儿,
再给他选一根羽毛,
准备随时降落和起飞
过好他用不到思想的日子。

我在这里

信
——给妻子

诗是一个旋涡,
你的眼睛也是。这几乎是
我引以为傲的
全部生活,并为之沉溺。
有时候,
我会说一些东西,不在了。
并感到痛苦。
其实,可以理解成,去掉了骨刺
和第六根手指。
你在餐桌旁,而我在
你的旁边。你当然知道,因为说不出声
我血液里流动的苦难
变得更苦。你递来开水
摊开的手掌
放着两粒药片。这时,我爱你。
爱你,把病症经营得
那么宁静。
我像树叶,诗歌是一阵风,吹向我。
你是另一阵,包围我,很广阔,
很轻,透明。

写给天武

给一个坚硬的人写信,
躲过尖刺,触摸到温暖的内心。
他的勇气越来越湛蓝,
像水晶映射着星空的光辉。
自己和世界
对于他是一个词,
对自己坦白,等同于走向电台的街道
扫除了旧雪和雾霾。
他每天只在方寸间挪移,
如此安静地,推动了许多扇
锈住的门。当我身上
传出吱呀的声音,我知道豆瓣
或爱好者杂志,在午后又晃动着
一串钥匙。我在思考,而他扔下词语
出了门。

我在这里

晚饭后

我恢复了阅读,
夜晚正在来临。窗外给人
一种蓝墨水瓶的感觉,而房间
像是墨水中,
浮着的一个明亮气泡。
它慢慢扩张,慢慢上升,带着它的光辉。
我舒服地躺在椅子上,
但在这个比喻里,没有我的位置。
太多诗里,自己扮演主角,
演的和看的都有些疲劳。
我现在很犹豫,
要不要把自己拿掉,换上一只划着水的
小灰虫。

我在这里

很长一段时间,我不在人世,
——我在一片云朵中
经历着一些匪夷所思的事
告诉你的时候,
我故意改用了一些温和的词

我说云霞和阳光,我说爱情和友谊,
你相信吗
我说空白和稠密,我说柔和和尖利,
你猜一猜,哪个是我要表达的
我说终点和开始,我说萎缩和膨胀,
我说痛苦,继续说痛苦

我说踏实和漂浮,我说转折和继续
——你们,我的朋友
我在这里,我回来了
我说喜悦,我继续说喜悦

我在这里,坐着,写诗
坐着,敲一个个字,我想把自己奉献给你
我撕开自己,挑出一些温暖的碎片
传递出去

我在这里

而我的更多灰暗,
裹着厚衣服,在阴影里。这一辈子
它都没有哭出声,
但还残留着落泪的习惯。

蔷薇

今天,去看了蔷薇。
我走得很慢,
完全是老年人慢吞吞的步子。
妻子让我去闻,那枝蔷薇的香气。
香气当然是没有的,
那是最后一枝了。
整个枝条上的花都萎缩成紫蓝色。
我抚摩了它们,
它们从花心开始都已经松动
轻轻一碰,就散落在手掌里,三两下
就接了一大捧。
回到妻子身边,她问我手里握着什么。
我把花瓣吹向她,
几片落在发上,几片落在脖子里。
她笑了。
这并不是我们有了孩子似的心境,
而是患难夫妻
偶尔表达一下的故作轻松。

我在这里

栀子花

此刻,妻子的幸福
是从厨房出来,就看到一捧带着露水的栀子花。
此刻,我的幸福,是为她擦去额头的汗水,
看她轻嗅时,翕动的鼻翼。

一只很小的黑蚂蚁,妻子呀了一声。
我用纸巾
把它从花枝上解救下来,走到窗前,
轻轻抖落。

——它将回到来之前的大地。
轻而小的生命是摔不死的,这是黑蚂蚁的幸福。
说到轻而小的时候,
走到窗前的妻子抓紧了我的手指。

她和我都知道。轻而小,很多时候是说的我们
　自己。

病后杂句

一

大病初愈,
我的头顶又生出了几缕白发。
她快哭了。
妻子捧着我的头颅,数了又数,抿了又抿。
但岁月终究是公道的。它给我雪花,
云朵,月光和白银
它—— 一管一管抽走我的黑暗。

二

肚腩在凸起,步子在变慢
骨头里的冰块融化,
仔细听,暖洋洋的潮水抚慰着血管
这几乎是一件好事。
几乎是因为
——作为一个悲伤的诗人,
他还没有学会,在药片带来的幸福里写诗

我在这里

三

患抑郁症的同事,上班了
寒暄后,她问我,你怎么样
我怎么样?
犹豫了很久,我也没想好怎么回答。
上班,回家,吃药
散步,一个钟头的阅读时光。
这是我一天的生活,
但要去描述它,我找不到对应的词语。

四

散步,没有话说的时候
母亲就会一边走一边唱歌。
遇到熟悉的旋律,
我会接过来,跟着哼上几句。
但也只是几句,
那是很旧很老的革命歌曲,
在我年轻时候,
一听到就恨不得堵住耳朵。
而现在,正是它们
轻轻抚慰着我灰暗的生活。

五

总是在笑,
即使烦琐的事,也专注而具备耐心。
今天是入梅以来的第一天,
我们被雨水
滞留在阴暗的房间里。而我
仿佛是发光的,照亮了身边的一角。

但她们并不知道,我中间
还是有轻微的失神,
心中痛一下再痛一下,但很快过去了,
就好像一盏灯滋的一声,
从紊乱的电流中恢复了平静。

六

不知道从何时开始,我总是低着头走路。
病愈后,和妻子一起的时候多了起来,
她总提醒我抬头,看天或者看前面。
我会看一会儿,但很快又不自觉地低下头,
遭到妻子的训斥。

其实,年轻时候,我是昂着头的,

我在这里

鼻孔向天,像一头骄傲的公猪撞进彼此陌生的
　　生活。
为我的骄傲鲁莽,妻子生了很多气。
但现在,她分明觉得那时候更好些。她没这
　　么说,
只是靠近我,用手揪住我脑后的头发,
往下拽,再往下拽。

七

有时候,快乐是因为
自己想要快乐。因为这个想法,
我向让我难堪的人露出笑容,并表示感激。
他有些诧异,但很快接受了。我们
——两张脸上尴尬的笑容,几乎同时转变成
诚实的轻松的真实的喜悦

八

我现在很好。
抽烟减少,胖了一点儿,书桌落满了灰尘。
逢人就笑,偶尔喝酒,忙碌没有太多心事。

只有夜晚,当我睡熟,
灵魂从半空中,看到那个蜷缩的身体。

禁不住为他悲伤,泪落如雨。

我手抄一本诗集送你

这个本子里,有连绵的群山
它不是我的,虽然我的悲伤与之相似。

有河流,有两岸,
有白鹭起飞带起的惊喜的涟漪。

它们也不是我的。为了一件干净的礼物,
我忍住了自己涌动的词语。

抄写它的时候,我屏住了呼吸。掠过纸面的
是笔尖和它的阴影,唰唰声中,我没有想到我
　们的感情。

因此,你不必去分辨它象征的隐喻。
拿到它,最好你坐下来,每翻一页,都翻动了

我向往而做不到的草长莺飞和电闪雷鸣。

我在这里

蒙蒙虫

我喜欢它的东面,也喜欢它的西面
我喜欢风吹歪了香蒲,也喜欢光线闪耀在荷叶
　　边缘

今天无雨,但池塘依然泛起了一串涟漪
那是蒙蒙虫的一家子跨过水面去另一边走亲戚

蒙蒙虫是我起的名字,
我想它们一定很小很轻,足以踏着水纹在水面
　　漂移

我想它们一定生命短暂,几个星期一轮回
忙着吃喝,成长,婚嫁,养育孩子,然后去死

而我们的时光漫长得令人畏惧
总有很多空白需要用发呆,想念,写诗来填补

我们画下一个句号,就像它们脚尖踢出的一个
　　涟漪
但行程没有结束,我们的亲戚到山里打柴或者
　　采药去了

柴扉不开，但门前的台阶干净
我们坐下来，吹着风，看到了西边的落日

没有喜悦，但奔波的疲倦让我们获得了平静。

梅雨季

雨水打落的叶子,
堆积在路边。这还是夏天,生长的好时光
怎会有这么多坠落和消失?

有时候,会发现一些掉落的树枝。
黑褐褶皱的皮,手臂粗细。风雨把它们冲刷
　下来,
而更早的死亡在何时?

这个凉爽的夏天,妻子有止不住的泪水。
我陪着她,已经出席了两场葬礼,
都是我们这个年纪的朋友,死者是我们的父辈。

老树枝即将落尽,
中年的树枝也已经伤痕累累。体检的数据触目
　惊心
我们的悲伤在于:下一次的葬礼上,

将告别的,会不会是我们中的某一个。

麻雀

读到群山的时候,它落下来。
读到碑文的时候,它走到我脚边。
然后是湖泊,流水,柞树和琴,一首一首往
　　下读。
它蹦跳着,一会儿看看我,一会儿翻开树叶,
　　寻找食物。

它围着我,走到第三圈的时候,我读到了封底。
我抬起头,伸个懒腰,
它受到了惊动,拍打着翅膀飞走。
我也挥动双臂,以为自己跟着能飞起来,但
　　没有。

还是太重了——
相比于它纤瘦的身体,我有肥硕的肚皮。
相比于它心中的清水谷粒,
我的胸膛放置了太多词语,它们有锋刃和金石
　　的偏旁。
它干净,是今年初生的雏,
而我负担了一条蜿蜒四十五岁的感伤道路。

我在这里

秩序

题记：昨日记忆中住院部的妻子，与今日屈腿
　　　躺在摇椅里的妻子，不同。

当她踱进来，坐下。
阳台上
轻轻晃动的晾下的衣服，悬垂下来，
表示了驯服。旁边整理箱上
我随意堆放的书籍，
似乎因她的到来，重新有了
指向和意义。在许多年的共同生活中，
家里的纷纷物什，有着
私下的盟约。它们遵守着一个女人
在无数清洗和归置
的细节里构建的隐隐秩序。

而她并不晓得这一切。当她从病中
回来，恢复在摇椅里
半躺的姿态，她的万物都响应了她
心头重新涌动的音乐。
但她并不晓得这一切。当她羞涩地问我
凑过来看什么？我告诉她，
我正在看

阳光照进茶水里，茶叶的透明感。为了避免她
　骄傲，
我没有说我看……
一双秀美的膝盖
一脸懵懂而不解的幸福，一个家庭
辗转中
再次构建的核心原则。

我在这里

唱歌的人不许掉眼泪

小西,这么多年了我一直在阅读
但你,让我愿意停下来,
去听一句歌,听它文字之外,
声音因为倔强而发生的转折

"乌拉巴托里木地西
那慕寒,那慕寒
唱歌的人儿不许掉眼泪"
在一个歌手那,我找到了它,他唱得
那么美那么美。但是小西
我无法为令人舒服的声音掉眼泪。

于是我找到了另一个版本的,
唱的人叫左小祖咒。他一点儿也不像会唱歌的人
不在调上,嗓子也破。他的声音像瓦砾
但每一句都砸在我的心上。听起来,这首歌
就应该由这样的人演唱。

小西,我是说
我不想把诗写得好看了。我想要那种
你会厌憎但也会为之流泪的力量。

下午的坡度

关于人生的问题,下午的光就是解答。

它斜斜地照在阳台上
晒暖了我晾晒的衬衣。细小的绒毛在风中飘荡,
伸展,仿佛生命的质地。

用中年的嘴唇,亲吻它,用手抚摩,揉搓。
然后如此这般对付桌上的葡萄,身下的躺椅,
或者,一封写到一半的信件。

你应该很好吧,我猜你正在为你的植物浇水,
如此细腻的,你的枝叶和脸庞沐浴在一片光里。
如果你也想起什么,请你闭住眼睛。

眼皮过滤过的阳光,是一汪粉红荡漾的湖泊。
没有比这样的下午更美好的事了。你说,
所有的提问,被熨平,被抚慰,被清澈地予以
　　解答。

波纹漾起

有时候，无法描述是因为简单。
想一想，一滴雨落在水面上。你如何表达
那敲击，那荡漾，那扩展和消散。
有时候却因为复杂。许多的雨
落在同一片水面，你如何表达，那碰撞
那洞穿，那加强，那抵抗和消减

你如何表达，诞生的感动？如果说
尽头是清澈和宁静，那么震颤和浑浊才是
我们的生命。你如何表达跳跃，折返
如何表达弹起，降落。如何描述
我们回旋、弹奏、余音袅袅的一生。

渐渐透明

我是这么消失的:
在风摇荡的树杈间,透明了我的手脚,
再隐藏了我的声音。现在你只能看到
我的翠绿衣衫在颤,那是我压抑不住的轻笑
当你数到第二十个数的时候
我收起了我的芳香和耳尖……我完全透明了
作为一个精灵,我回到了自然。

我是这么出现的。
当你哭泣,当你第一声忍不住喊我。
我的全部,就像棉朵一样在你眼前绽放。
我的手抚在了你的唇上。

我在这里

一个家庭的构成

只有我一个人在给菩萨上香。
一条条地,我念叨了全家人的名字、生辰和愿望。

儿子在一旁站着。
他愣头青的青春里,还没学会畏惧命运。

妻子,一会儿看着我,一会儿看看儿子。
我在虔诚地祈祷和叩拜。

而儿子一副玩世不恭的散漫样子。
妻子是信的。

但她,决定和一脸桀骜的儿子站在一起。
是的,

她说,菩萨要是降罪,她就能帮儿子顶着。

我们

我们在池塘边坐下
怕打湿衣服,我们挑了一片有落叶的草地。
草地上的光真好呀。暖黄色,亮亮的
照在石头上,仿佛要把它浸湿。

你要知道,我说到我们的时候往往是
我自己。早上出门买菜,忍不住一个人去花园里
待了一会儿。那么久了,为什么,
我觉得你还是在的。我把纸袋铺在草地上,
下一步,是你坐下,轻轻磕着鞋底的泥。

我在这里

最外圈的年轮

这一轮的凉意
沉淀下灰色杂质。失去的,留下的
已经微弱。你还在数
其间夹杂的火焰,而灰烬已经覆盖了
我们的词语。

幸福就是疼痛地活着,
接住爱人递来的清水和药片。裤兜里取出
蝉鸣和风声,作为哑巴,我收集了
夏天的喧嚣。它们也是在替我
吟唱或者哭泣。

群峰之上

他说爬到山顶,和停在半路是不一样的
(我是停在半路的那个,我撇撇嘴,有什么不一
　样的)

他说看到的不一样,看到了……总之不一样
(不一样,不也是一样下来了)

他说,不,在山顶他唱了歌,他就是想唱歌
(唱了歌又怎样,不还是下来了)

他说,不,很……的感觉,很多人鼓掌,自发的
(鼓了掌,又怎样,不还是下来了)

是下来了,他说,
可还是不一样,你理解不了,高处的那种感觉

(可你也理解不了,一个人决定半途而废
坐坐躺躺,融化在虚空里的感觉)

我在这里

观音岩

已经是傍晚,
倚山而建的参差庙宇沐浴着清凉的光线。

挑夫和香客都已经下山了,
而蝉还在叫着,山路上远远走来了一对僧尼。

深褐的是僧,浅褐的是尼。
步子很慢,戒疤清晰,语调带着静修的纤细。

他们肩并肩走着,两个身体故意留出一些缝隙。
啊,这空隙刚刚好——

盛下一碗素斋,盛下一卷佛法,盛下一条戒律。

月亮背面

有一个朋友,跟我说
她要到月亮的背面去,安静地读书写字……

美丽的人,已经放弃
这一面的市集、码头、风筝和丝绸手绢。

到低洼里去,她重新习惯
环形山的阴影、尘埃和一个人的抽泣

群居这个词,
从今天起,变得落伍、世俗以及庸碌。

我的小镇,将只剩下我
空座位旧书架和一些打算把名字留在树叶上
　的人。

我斟满一碗酒,
摩挲着斧子的锋刃。空空声响起——

远方飘浮着蓝色的美丽地球。
我相信,它轻轻颤动,是一颗泪水的心。

我在这里

虫类有声

如果不是幸福,那它至少是新奇的
如果我持续地变小再变小,成为一枚虫豸

诗人,你的动作要尽可能轻柔
你翻过的每一页都有我们千万的市镇和院落

你喜欢的雅黑的字体,它的每一个笔画,
都是道路,我们踏着它去相亲或赶考

如果有一个京城,它也不是你重点勾画的短句
在你忽略的一页,不经意留下的一滴油渍

——围绕它,我们建立了矿山、集市和法院
我们用铅粉作货币,换取等价的爱情和劳动

我们的小脑袋,存放不了你们的意义。
你看,你又哭了——在大世界里,你艰辛忧郁
　　小心翼翼

而触动你的那个词,也许是我们一个
落后而浪漫的部落,它们爱笑,坚信小神灵的
　　每个赐予。

喜悦的颜色

阴天的下午
我坐在三楼的图书馆看书
忽然一道温暖的光束
从后面照到
我的脖颈儿和书籍
窗外已经云开雾散，
我能想象，云层哗啦一声打开
探出阳光。
哗啦一声，当然是没有的
为了配得上，那透明包容的金色
在人世散开
我的感官跳过我的理智，
为这个场景，
模拟出了清晰的配音。
据此，我认定
喜悦就是一种清澈的光，带着天降的声音
置换了
周围忧郁黏稠的空气。

我在这里

大雪

我是一场大雪送到人世的,
我希望,也是一场大雪带我离开。

我的葬礼,我希望是在一处河滩。
亲爱的朋友,你的到来将带着一些艰难:

你的围巾兜着寒风,你的靴子踏过泥泞。
你摘下手套,咳嗽着和我的亲人握手。

终于去了,这个给你们不断带来麻烦的人。
大雪轻轻盖上这些凌乱的脚印。

以后的事情和他无关了。你看,他收起了
全部的倔强和灰暗,还给你们一张温顺广阔的
　白纸。

冬至寄北

他们在说爱,
他们说,爱是结结巴巴,着火的男孩儿
他们说的只是早几年的事,
而现在的我,已进入盛年。拍拍身上的灰尘,
露出沧桑黝黑的一张脸,
这爱已经缓慢沉着,只能偶尔听到回音。
它的温和,是冬天里,
捧住一个烤红薯的手温。它
焦脆的皮儿里,浸透了我们的时间。
如果你没有疑问,
我将把着这小小的炉灶,轻轻地捂过冬天。

我在这里

郑州

应该有这样一个城市
在暮年,想起它,就咳嗽,就扶住墙头,就揩
　一下眼角
——年纪大了,有流泪的情绪,但已没有泪滴

为此,我摁住地图上叫作郑州的红圈
怕它会逃走,会颤动,会变浅变软
我希望它是坚硬的,能承住一些伤感和灰暗

它是故乡,又不是
我的故乡,很穷,很小,很偏僻,
我的故乡不出现在地图上,她是被大片郊区包
　裹的秘密
她的朴素
被郑州代表,掩映在郑州的回声里

晴天

我是个怯懦的人,
体内经常有一个法庭,审判我错误阴暗的一生。
而,天晴的日子里
我获得了众神的谅解和假释。我坐在
花园的长椅上,眯着双眼,神情惺忪。脑海里
正有一支明亮的调子,用银质的口琴吹起

白手套

父亲的白手套,
握过锹把,握过扳手,握过油漆刷子。
杀过鱼,杀过猪,也端过锅底。
经常掸掸灰,父亲就坐下了。
地上顺手搁着他的手套。
手套已经比地上的灰更灰了,
但我们还叫它"白手套"。
母亲偶尔会提出异议,
但孩子们觉得合理。干活儿的人和玩耍的人
此时是相似的:
除了漆黑,其他都是不同等级的白。
只要天没有黑,饭没有端上桌,
手里的活计和游戏,都应该继续下去。

李明和安安

她们问,李明和安安是谁
那时候,我正行驶在阴雨的高速路上

我说,李明和安安
是路面那层薄薄的水,薄而且脆弱和美

车轮驶过,那层水在剧烈摩擦中
被破碎,被抛起,成了忧伤的弥漫的水雾

李明和安安,就是那忧伤,
那疼痛,那惊动内心的碎裂。她们是

一对女孩儿,在上个世纪因彼此相爱
被另一些爱她们的人毁灭

我在这里

背后

儿子说,咱们去放纵一把吧!
他的意思是去吃多伦多。他刚放假,因长期减
　　肥身体里缺乏油脂。

儿子说,就吃一顿,好不好?
吃了之后,就不吃晚餐了,依然可以保证减肥
　　效果。

我还能说什么呢。
我说,带你妈妈去吧,我自己一个人在家吃粥。

一个人在家吃粥?儿子把这当作艰苦的事。
他偷偷问他的妈妈,爸爸为什么对自己如此
　　严厉。

他还小,不懂的事太多。
他不知道,我这个年纪已经不再在乎物质世界
　　的匮乏。

我写诗,他也理解成一种苛刻和清苦。
他还不了解,恣意泛滥的写作,是一种更深处
　　的放纵——

那是我瞒着他们娘儿俩，在寡淡之下，藏着的另外的生活：胡作非为，声色犬马，自私自利的……

我在这里

今日阴

今日阴,雾气和细雨压在河面上。
一只白鹭因此显得灰和脏。
它从这里展翅,破开水雾,向着大桥滑过去。
　它在滑翔,借着河面的气流。
白鹭只有一只。
在接近大桥的时候,它骤然升起,滑入河湾,
　看不见了。

我和你说过几乎身边的所有事物。建筑,树木,
　鸟鸣和花香。
我和你说过这条河和它的白鹭,我记得每一次
　讲述后的误会,分歧和猜疑。
但我没有和你讲过孤独,一只白鹭和一条河流
　的孤独。

在岸上,我撑着伞,一个人漫步。岸上和空中
　其实是一样的。
我们灰蒙但并不疼痛,更接近一种透明和平静。

可能

我和儿子被赶出了家门,
因为家里的女人要打扫房间。
她说,她不允许
在她打扫的时候,房间里
还窝藏着两个破坏者。
她说,打扫好的时候
会给我们电话。
那时候,才是回来的时候。
我们踏进房门,
一边大声感叹房间的清洁,
一边把房间里的物什迅速搞乱。
她打理好的秩序
甚至维持不了半个小时。
在我们看来
这样的劳作根本是无所谓的。
可,这些无所谓
构成了一个女人作为女人的一生。

我在这里

譬如

如果说，我多么爱诗歌，这恐怕不是真的。
如果有一种能带来平静的其他东西，我宁愿不
　为这些分行绞尽脑汁。

如果说，写诗让我们更糟，这恐怕也不是真的。
我们确实失去了一些东西，那是因为，它们本
　来就若即若离。

叙述我们和诗歌的关系真的很难。它给你的本
　来就是你拥有的，
它只把它提出来，换另一把尺子来量。这把尺
　子是微妙的，但也是你的。

它绝不同于好的，坏的，新的，旧的，世间的
　其他的尺。

听布罗茨基读诗

他的声音粗糙,
像歪扭的一件陶器。
有时候,裂纹会划伤听众的耳朵,
那是他的语调中出现了破音。
他总是破,
当他抬高音调,想进入一段高潮。
但这没关系,
他读的是自己的诗,
好像要把别人眼中伟大的毛呢外套
换下来
哦,不是熨烫,
是吊着,用铁丝的擦布
刷洗。

我在这里

地窖

休假的父亲
挖着一个菜窖。挖得已经很深
身体已经看不见了
只能看见挥动的锹头把泥
一锹一锹地送出来

而我在河堤的树林
捡落下的杨树叶,并用针把它们
穿很长很长的一串。
挖菜窖的活儿我还帮不上忙,
但小孩儿有小孩儿的活计

下次周末,就可以把地里
收获的白菜摆进菜窖了。我一趟一趟
来回搬着白菜,而父亲接过来
把它们在地窖里摆好。
还会有萝卜、大葱,够我们
吃一个冬天

斧子

好斧子,一定又沉又亮
好男人,一定又丑又有劲

我能想到的天堂,
一定要有个院子,墙角竖着斧子铁锹
一个像父亲的男人
一会儿劈一垛柴,一会儿翻一垄地

在劳作的响动中,
小孩子摊开方桌,写几页自己的功课
他就是我,
还没想过未来的生活

母亲

在路上,想起了母亲。
母亲,仿佛雨后天晴的那束光,清澈透明。
现在天还阴着;而母亲在遥远的北方。

接电话的是父亲,母亲在包饺子。
我问了安好,也回应了父亲的问候。他们不知道
有一个叫作母亲节的节日。母亲甚至没来接听,
只好由父亲转达。

我的母亲,掌握着这世上最朴素的道理。
比如儿子就应该在远方,而母亲就应该少言语。
即使在我们最难的时候,
母亲也没有放下过手里的活计。

雨的人

不妨把爱笑的人,叫作带着光的人
把爱发脾气的人,叫作带着雷的人

把纯洁的人,叫作带着月色的人
把忧伤的人,叫作带着雨水的人

我想有一个女儿,
她永远带着月色,带着雨水。而我一看见她
就抛弃了身上的雷

和她一起,成为带着光芒的一对父女。

我在这里

街角听车

我的房间在街角。这是幸运的:
有意无意间,会听到了许多次的车辆穿梭
——有时候,它们甚至成为我唯一的娱乐。

一个摩擦,逐渐响亮起来
——它从远方来——再向另一个远方去——
一个摩擦逐渐消隐,像一个袅袅的尾音

而我一直在判断,
它离我最近的时刻——仿佛要发生些故事,
我等待,并屏住心神——但是没有。

一道车声,又响了起来。
全世界没有一件事,跟守在街角听车的感觉相
　　似了。
但它,却又代表着所有的事。

我守护的都在,但又都不在了。
我的儿子已经长大了,他还在我身边。
——但那颗闪闪发亮的童心已经远去了。

妻子在厨房里炒菜,但那青春的身影不在了。

我还在写诗,
但最初的诚挚不见了。

一辆卡车重重颠簸了一下。
它撞击着坑洼的生活,留下了土方和尘埃。

我在这里

把马牵回来

我的马很老了,已经不能打滚翻身
不用系在桩子上,它也不会跑开
它站一会儿,卧一会儿,守着这片树荫

儿子的马还很小
不喝水的时候,就在颠颠地跑
一会儿追麻雀,一会儿追蝴蝶
总是让草叶眯了眼睛

要下雨了,
我们要把想象中的马带回家。儿子一个呼哨,
它的马就回到玩具箱里抱住了奶瓶。
而我要忍住脚疼,把我的马牵回来。
它那么慢,那么疲倦,
以至于回到这本诗集时,就打起了很沉的鼾。

饮食四则

一　苦瓜

所有的果实,最终都会,又甜又面又红。
这个结论不那么容易获得,为此,我们种下一
　　根苦瓜并观测了它的一生。

为了得到,那最后的甜,我们还需要一些时间
为此,我们的争吵猜疑,都悄悄地降低了一个
　　调门。

二　面片

你把香菜的帆插在面片上,说这就是"小舟从
　　此逝",
我把香葱排满我们的小舟,说"江海寄余生",
　　我们要带的行李

——这白的是银子,这绿的是酒桶。
当然,我们没有银子没有酒,没有船也没有一
　　片水。
但只要愿意,我们的理想,在一碗面片汤里就

可以实现了。

三　大碗茶

从外面回来,你递给我一碗茶水。
我们过着如此粗粝的生活,甚至没有一只像样
　　的杯盘。

我说,可以许个愿吗?
但是许什么愿呢,我们甚至顾不上考虑一周以
　　后的生活。

我要感谢你,心里容纳了一个贫穷局促的小伙。

你举起碗
与我碰杯,我们的手上荡漾着两盏湖泊。

四　绿豆汤

挑出蛀空的,把好豆子用水漂洗
放在绿锅里,加二指深的清水
因为爱你呀,开火的时候,我加进去几片百合

把水慢慢煮沸,把豆子更慢地炖烂

因为爱你呀，换小火的时候，我加进去几粒冰糖

现在，我把汤盛进碗里，把碗摆上夜晚的餐桌
因为爱你呀，在你坐下之前，我要把它吹凉。

我在这里

桦树

这是一种,仅凭站立的姿态,
就会让你喜欢的树。
这是一种,仅凭清越的树干,
就会让你喜欢的树。
这是一种,仅凭干上的眼睛,
就会让你喜欢的树。

白桦树告诉我们,
确认一棵好的树,仅凭视觉是可信的。
好的爱情,
就好在一见钟情。这样就足够了——
看看她的姿态,看看她的肢体,看看她的眼睛。

最后一课

这是最后一节课了,请原谅,
我仍然没有课本之外的真理要告诉你们

但我感到高兴,
终于不需要再为一群少年的缤纷内心负责任了

看到你们安静地坐着,我就知道,
未来从来没有像悲观者担心的那样坏掉

这么多年,我和一届又一届
的你们互相教育着,有时候,你们教给我更多

请接受他,退休前带着喜悦和羞涩的笑容吧
他是你们造就的—— 一个如此温和干净的教
 育者。

我在这里

伤别赋

东北的草原,我离别了一匹老马
云南的市集,我错失了一块石头

而在家,我刚把一把坏椅子弃之门外
那曾经是多么漂亮结实的家具,
它一样溃败于时间

这些都令我悲伤:
有的是没缘分,有的是缘分已尽。

但我知道,你想听听我说说人类的忧伤。
而人类,社会发展到今天,只有死别才算离别了

——这正是我要说明的:死去的人
终会转生为木,为畜,为石头,为空气。

于是,回到了这首诗的开端:
要么没缘分,要么缘分已尽。
我们悲痛,是说不准,

其中的哪一个是我们前世的父亲,
哪一个将要做我们的爱人。

明亮

我喜欢明亮这样的词
我喜欢
用星星说暗夜
用炭火说冬天
说雨水,用它敲打屋檐的声音
说伤心,用心跳

我喜欢,一个人破涕为笑
一夜无眠之后
一个人一身短打,跑在清晨的街道
一个人
叮叮当当,做出一餐散发香味的好饭
告慰一场黯然离别

我们
当然不是幸福的,但我们喜欢用幸福的句子
浮在一切不幸上面。

我在这里

二十二岁的父亲

衰老还没有到来
胆囊还在,头发也是
并没有长成,因为糖尿病戒掉一切甜食的胖子

二十二岁的父亲,
挺拔白皙
骑着大梁单车,来到村小学
他的衣兜里揣着钢笔、信件,和这个月三十几
　元的工资
就要见到
教一年级语文的我的母亲了
他的心里
咕咕地响起几声母鸽子的呢喃。

夜雨寄北

昨天,
我寄给你两场雨之间,浸染了水墨的云朵。
今天,我又寄给你日头钻出云层时,
路边闪耀光辉的萼距花。

康雪说,一个人
因为悲伤,才会反复提及星空和野花。
但她没说,在叙说中
一个人也陶醉于,他期待中的回应——
你点开它,在睡前,在晨起
在稍后
不经意的休憩中。

我还会给你提到举着灯盏的栾树,
一场雨水后
失去香气和花朵的丹桂。
提到漏水的外墙,晾衣架上一只孤单的白手套。
它和它们
将经由你一次的注视,释放出幸福的表情。

我在这里

万物静默如谜

早晨,在一片光亮里起来
——这么美,世界这么美地递到我们眼前

我们做一棵树好不好?
让我们,做一颗石头好不好?

最好的喜悦,是发光,而不是语言。
让我们,晃动树叶好不好?

让我们晒暖我们的后背,好不好?
最好的语言是音节,而不是意义。

让我们像麻雀那样叽叽,好不好?
让我们像拖拉机那样轰鸣,好不好?

最好的意义,不是飞,是保持飞的姿势。
让我们在单车上,伸开手臂好不好?

让我们即使在床上,也伸开手臂好不好?
最好的姿势,不是拥抱,是等待。

让我们,等着爱人扑进来。
让我们等着万物的静默,扑进来,好不好?

云中

我的心比外形还要衰老,
还老想着用墨汁酿出不一样的甜酒。
当我沿着梯子
爬到云上的家里,并坐在它的边沿瞌睡,
有没有我教过的孩子
指着天空说,看,亲爱的老泥

我在云里耕种,晾晒宋朝的书籍,空闲时
也用犁耙梳理自己的胡须。
远方有隐隐的雷声,身体内部泛起更大的回声。
每想起一些旧事,就有一块云坍塌,
形成了雨。

听力很糟糕了,眼睛也开始老花。
这时候,还愿意哄自己的,除了妻子
就剩下自身用旧的才华。怎么写作,都只能
亲近人民的一小部分。
我把墨水瓶腾空,尽可能地盛上星星。
当那一天真的到来,
就用这唯一的光,最后一次清洗身体。

我在这里

饮酒记

我们喝过的酒,
有一吨吗?你如此问我,而我是怎么回答的?
现在我重新回答:
我们发过的牢骚有一吨。
我们抒发的豪情有一吨。

无论谁
一起喝了二十年的酒,那他们的情谊就有一吨。
二十年呀,是一个大数,
可以写进三个家庭的历史,一个单位的典故。

而我们的酒量,真的没那么大了。
看到你拿一个小勺与我们碰杯,我眼泪唰地就
　　下来了。
真的又心酸又欢喜。

索性就不喝了吧。
喝不了了,但是真的想喝,你说。想起能喝的
　　岁月
你眼睛里闪着光。但随之,我们说起血脂,
说起血压,说起心肌酶,说起一把小勺里都放
　　得下的
我们的余生。

笨拙的事物

我看见石墩,拦索,一辆旧摩托停在台阶上。
他们说,你从哪儿来,就丢下什么。

我看到对岸的断头路,河流的大湾,钓鱼人举
起空空鱼竿。
他们说,你往哪里去,就遇到什么。

我看到空乏的落日,一艘拖船挡住了暮光,隆
隆地冒烟。
我看见一只白鹭,从烟火中划过,带起苍茫的
灰色。

他们说,你内心是什么,眼中就有什么
——这回我信了。

我太希望自己有白色的翅羽。
我希望自己经历了中年的烟火,好保留着一身
少年的白色。

我在这里

雪是暖的

雪是暖的。此外
我的儿子,还觉得雪柔软,甘甜,
或许有点儿香味。
他是个善良的孩子,生在南方,喜欢给他
认为美好的事物,加上想象。

我没有说他不对。
虽然,我曾经在雪地里走彻夜的长路,
雪水泡湿了鞋子,脚和脸冻得
失去了知觉。

那些受罪的日子,
已经过去太久了。久到那些冰冷,仿佛
一个假的梦境。久到,我也想
拍拍儿子的头,告诉他
雪确实是暖的。我们曾经

用雪做内衣,缝棉被。
雪也是甜的,煮牛奶的时候,要放一点儿。
当然也是香的,妈妈们出门
要把它轻轻拍在脸上。

诸子的黄昏

你就是韩非子吧,管理一个单位,
总归要遵循一些规则。而我大约是墨子,在一间
小学校,教授科学课。他,供职于建筑公司
应该是鲁班子,如果有这个子的话。孔孟老庄,
无人认领,因为太伟大。但不妨碍
我们有梁子,董子,刚子……这些新晋的子
与我们一起,站在河边的车声里。

暮色像一场大雨,
刹那,淋湿了我们和视野里的天地。你说
喜欢家门外的一条河,而我
更喜欢路上的车辙,把暮色划破。他说,
此时,颇快乐。另一些子,
写诗的写诗,作乐的作乐。某个子已沉默
两天,他执着于重建自己,来对抗
另一个子的蔑视与打击。

不管说什么,最后总会
落实在时间与诗歌。这是诸子的命运,已经不
　　会被人再怀疑。
有些子挣扎着,希望在被这大水淹没
之前,喝一盏茶,喘一口气。另一些子身系

我在这里

　　浮木,
投入这命运里,试图先行一步。
还有几个子提着鞋子,轻轻走着,对往来的人
都喊加油。很奇怪,处在一个命运中的他们,
却从不往一处使劲。都是对的,
也都是错的。他们互相认可也彼此怀疑,但从来
拒绝承认。

这是许多个
黄昏中的一个黄昏。
许多的子聚集在一起,来呼唤一个单独的子。
当然,这一个黄昏也就是所有的黄昏。
这一个子就是离家出走的所有的子。自由的自己
和被束缚的自己,时至今日,仍然无法判定。
明白如诸神,也不敢说受限于理想的子
比受限于爱情的子更自由尊贵。
所以,就是写吧。嗯,就是写吧。
流浪的子隔着
河水掷来他的诗歌。呦呵,不得了了。
寂寞憋出来的,
除了粉刺,还有一篇大作。

茶台

一

我喜欢自己
羽毛一样轻盈，所以，我的茶台要有
石头的沉重。我知道，
性格里有微微肮脏的成分，所以我的茶台
一定要擦拭干净。
这是一个诀窍，如果一个人注定和一个
不甚喜欢的人相遇。

二

夜色很深，但
这一方世界晴明。别问我，一个人喝茶
为什么要摆两个杯子。
一个给自己，另一个留给还未出现的人。
这个人
我在诗里称为你。你是存在的，
和我亲近，和我生气。有时候来自幻想，
有时候来自记忆。

三

因为在夜里惊悸,
早起特意去买一盆植物。我喜欢它
落脚在悬崖上,
轻轻挪动自己的重心。那是我
不曾尝试的生活。但我相信,
只有危险的经历,才带来
真正的乐趣。爱过的事物在慢慢消失,
它的震颤
只传递给偶尔陡峭的内心。

致

这个三月,我时常感到幸福——
且慢,我感到的也许是安宁。
晴天里
一束光照在脸上,听见毛孔张开的那种安宁。
不,再慢。安宁里没有提心情,
也许是安然,
安逸或者安详,或者别的。——但还是
用幸福吧。我偏爱这样
庸俗的美好。亲爱的,我确实
无法区分这些词的微妙,
但我知道
这个年纪了,体会到的好,必须
包括平静和迟缓。
我的生命在慢下来,手有些
轻微的颤抖。我是说,生活的这碗浑水,
在慢和抖中,就这样
变得柔软澄明。

我在这里

渐次盛开

有时候,
我想,我是怎么变老的。
怎样一点点地打开了自己。
结论是,
并没有什么春风。
每次关键的一步,
都是苦痛。它们来过后,
每一次缓慢的愈合和消融,
都让我变得
温和和透明。
我欲望不多,
已经是一个好人了。我知道,
我将会更好
更柔软。还有一些苦,一些失去
在路上,我知道
我将承受它们,来获得
更好的颜色
和芬芳。这最后一枝花,美好得
让人心碎。请你
帮我拿住它。

大动物

我不喜欢那群麻雀。
它们太快乐了。跟悲伤比,快乐这种东西
又轻盈又小巧。为了飞,
麻雀进化成了
只能盛放快乐情绪的小物件。
但是,悲伤不这样,
它又沉重又广阔。
只有那些古老的大动物才装得下。
你看,牛和马
因为这些负担,生得
又结实又缓慢。
它们的眼睛是湿润的,口齿间
嚼动着白沫。
那是悲伤消化后的雾气和渣滓。
新闻说,
在云南,一群大象走向人类的城镇。
一想到,它们的饥饿,
一些人就忍不住要流泪。
其实,不必要想到饥饿,
一听到它们走向人类,我们
就已经
控制不住泪水。

沉睡的象群

无论做什么,
我们都会原谅它们的。
现在,
象群睡着了,
大的像孩子,
小的像更小的孩子。
是的,
孩子,只有孩子们
能把一件错事
做得喜悦而有意思。

当我们
睡觉时,也像神的孩子。
老人,男人,坏人
都是。
无论做什么,神都会原谅我们的。

一日三记

一　清晨

如果不写诗了,
我依然会感激诗歌,它用一次次向外的
游走,重建了我的生活。
仿佛另一个人生,是诗歌重新擦亮了我
身上的光芒。

我记得,
我曾经的喑哑、灰暗和沉默。但现在,
好起来了,借助于我准备
将之放下的诗歌。
昨晚,我再一次,复习了江水霞光,和
天幕中半轮皎洁的月亮。

但,它们已经不再
代表一个人的孤单清高和理想了。我的
爱人在人群中,而我坐在长椅上
返回了生活。今早,在沿着街道去买早餐的
路上,我再一次感觉到,我爱这种
琐碎的细节,了解一杯奶和
一根玉米的芬芳。

我在这里

二　午后

写作是一种重生。
是多年之后，自己把自己重新分娩了一次。
但这一次是洁净的，像灰烬。

写作也是一种自救。
把沼泽里窒息的人，放在明亮的纸上，给他
干净的呼吸。

写作可能一直持续下去，
也可能突然就停止了。他们互相进入，
诗歌里的泥巴和现实中的黎长岭

在接近十年的分离后，
他们再一次合二为一。午后，我走上六楼，
为了妻儿的午休，制止了装修的噪声。

礼貌而且严厉。请注意，周末的装修是违法的。
这时候，我是说，它同时违反了长征镇的公约
和一首诗里遵循的秩序。

三　黄昏

我写诗，但不懂艺术。
什么是意象什么是能指？不知道，我只是愿意
说话，并且打开自己的胸膛。

可诗歌宽容，接纳了
一个只愿意表达的人。就这样，一个门外汉
偶尔坐下来，成为房东。

月亮升起来，只是
升起来了，它亮晃晃的，但不为什么亮。写诗
只是写，唱得如果好听，也只是唱。

不为动人。夜幕下，穿过人群
我的妻子挽住了我的胳膊。我们不懂爱，但依然
搀扶到了现在。

我在这里

七夕

我爱这金色的阳光,但如果
天阴,如果下雨,我知道我也爱
其他的天气。

我爱这河湾、长堤,爱这
旧的长椅。但如果我的家挪到城市的别的角落,
我相信我也是爱的,爱它的道路
商店和公交车。

我爱我们的儿子,爱他善良温和。
但如果他莽撞、孤僻,我也爱。我也爱,如果
来到我们家的是一个女孩儿。如果没有孩子,
我们就爱我们的植物或小狗。

我爱你,你是我的菩萨。我这么说,
是因为我们受过的苦。什么是幸福,就是慢慢
爱上那些挫折。如果是另一个女人

跟我生活,也许我也爱着,
也许不。但我知道,
那必然不是,这样满足的我,这样的幸福和
　快乐。

好姑娘

像躺在碎煤渣上睡觉
一宿碎片似的噩梦。
早晨,
我还是从这些煤渣上分离出了一些光芒。
碎片里
隐约有一个姑娘。

她迷蒙的光辉照耀了我的一整个白天。
我是说,
我有一种技术,在一片昏暗中
只保留了光。
我是说,生活多难呀。需要一个
好姑娘把我们照亮。
所以
写诗吧。假装她存在,假装她劈开黑夜
搓一搓手
在台阶上坐下来。

我在这里

秋

我已经在人生的秋天了。
妻子说,养养花挺好的,喝喝茶挺好的。

她也不再是那个望夫成龙的女人了。

我如果再一次跌倒,她不会催促我东山再起。
秋阳多么温存——
她甚至会俯下来,静静地陪我趴一会儿。

致友人

有时候,
也想过,独自把秋天的夜空擦亮。
但不行,
人还是需要几个朋友的。
要有一个人扶着梯,另一个摆正星辰。
要有一个人端来清水,
要有一个人投洗抹布。
王有期呀,我不太希望你帮忙。
你只要站在那里,
看着就好。
我愿意每次从云彩中低头,
都看见你
那张灿烂的、关切的、向上的脸。

说说文字

说说那些文字吧。
它们像士兵一样柔软温顺。无论我们
把它排列成什么形状,
它们都会静静地守在那儿,不会散开。

但我们没法排列出
我们心里都没有的模样。朋友,我已经不再
对世间的好诗羡慕了,因为我知道
那属于一颗离我很远的心脏。

我们也是两个文字。
我的位置在黑板前,你的位置在办公室。
但如果你说,你的头顶
是星辰大海,我也是同意的。其实,
我的身边也是。

我们都是时代中的一丝波澜。
不同的是,你顺应它,而我渐有懈怠。我更像
一个三心二意的文字,妄想着从这一篇溜到
另外的一篇。

现在,外面风雨交加,孩子们

因台风停课了。这一天像多出来的一天。
我偷偷溜到了
秋天的扉页，为你写这封信，祝你那里
有一个晴天的快乐和忧虑。

我在这里

一个问题

如果你问我
雨天里的鸟儿,哪儿去了?我无法回答。
但我可以告诉你
雨天里的老贾在哪儿。

那天小雨。
街道清洁工老贾,裹着雨衣,
躲在背风的墙根儿。我劝他去
我们单位的门房待一会儿。

他婉拒了。
他说疫情防控期间,麻烦。而且一个扫大街的,
容易被别人嫌弃。老贾
是个干净的老头儿,但他也无法克服
职业包含的与人世的距离。

但雨再大一些,
暴雨、台风,老贾在哪儿,我就不知道了。
但愿不是蹲下来,更深更紧地
裹住那件雨衣。

但不重要了。太阳刚露头,

就看见老贾在街头,轻灵地打扫着落叶。至于鸟儿们昨夜躲在哪儿,实在是一个善良可爱,但不需要回答的问题。

我在这里

幸福的事
——写给麦花

你给我看
屋外的冰凌,我想的却是
屋里的炉火。
麦花呀,
我也在北方住过,所以知道
幸福的定义。
幸福,就是外面
是广阔的严寒,而我的
小屋子里
有温热的暖气。幸福,就是
屋子里的粮食和蔬菜,
够我们用,
不需要走到外面去。
幸福就是,
我们也出门,但不用走
很长的路。
麦花呀,幸福就是
我提着烧酒
去看你,开了门,温暖就这样又
续上了,而
脚上还没有凉透。

一个事

一个抑郁症的孩子出院了,
他约了
同班另一个住不起院的孩子,
一起去乘地铁。

不想去什么地方,
也不想见什么人。
他们说,就是想两个人一起单纯地乘乘地铁。

我在这里

方式

我还有怒火,
所以,要看着江边的苇絮,
看它们
一缕缕地飘
临江阁里,
有两个旧蒲团
我坐一个,另一个空着

其实,
蒲团是我虚构的,
也没有临江的屋子。冬天,江上芦苇
早已败落。
但我愿意写一写,这些
不存在,但我又希望存在的。

并不是,
写了它们就好像存在了。而是
写一写,一个人真实的
愤怒,就轻了,再写一写,
就消失了。

堂吉诃德的元旦

菖蒲们抽出了新叶。
这适合在新年里写一写。半个月前,是我,
亲手把它们剃成了秃头。嗯,伤口
和疼都过去了。

你们在期盼和总结的时候,
我在睡觉。这个节日的好,就是一个梦可以做到
第二年。醒来的时候,阳光灿烂,晒化了
陈了一年(或者更久)的疲倦。

老友喊我出门,拒绝了。
我刚从电信营业厅回来,纸上签下了我的名字,
和2022年1月1日。我的手机信号恢复了,
你好,满格的世界!

我需要一匹有意识的马,虚拟的长矛,
而不亲自经营
现实的马厩和铁匠铺。我需要一个桑丘,
他胖,他蠢,
但很乐意读我的诗歌。

我在这里

晴,但更冷

罚酒,非可(一个诗友)。

你说的是北方的天气。响晴,响冷呀。
雪后,或者雨前。

鞭子甩出来的天气,
斧头劈出来的天气。

非可,我有点儿想哭。多少年了,一个
北方佬浸在南部阴雨里。

他想被赶车的鞭子抽。
他想被劈柴的斧子劈。

留声机

它还原了一个声音，
也添加了一些杂音。磨损，在这里
是个神奇的词儿，它少了，
同时也多了。

听它的人，像我这种，往往是听
一些碎片式的岁月。要涩，要不该打滑的
时候，滑一下。

要等了几个咯噔，
才咿咿呀呀地唱起来。

我在这里

哭出声来

我最痛苦的时候
也只是一言不发,默默坐着。

妻子知道我憋得难受,
她说,哭吧,哭出来就好了。

为了让我哭出来
她甚至,故意惹我生气

她说,来,来打我呀。
我脖子上青筋暴露,喘着粗气

然后,我抓起一只碗
摔在地上。

在我俩的突然静默中
它滚出去很远

写在前面

如果一定要出一本诗集
我会在前面写
"献给我爱和爱我的人"

这没什么,
相当于每一次家庭会议前
我"咳,咳"的两声

我是说,
我的母亲和妻子一定已经在看了,
她们会高兴

而我的父亲和儿子
从饭桌的沉默中抬起头,也会看看
家里这个奇怪的男人

又做出来
什么匪夷所思的举动

我在这里

兄弟
　　——与非可说

好久没和非可说说话了。
诚如你言,我老了,身边都是可有可无的事物。
可有可无,但诗歌是吗?

老是一项好的事物。
我理解那些离开诗歌的人,也欢迎离开的人再
　　回来。
我已经不再区分,诗人和写诗的人。

但是非可,我仍然为你担心。
来问问自己,写诗不就是想和世界说说话嘛。
是的,我们说话,然后听到世界的回音。

非可,技术重要吗?肯定重要吗?
世界广阔,想一想,我们坐在河堤上,面对的
　　星空。
我们只是一个点,是婴儿。

我们给自己的母亲哭。
需要技术吗?需要被谁肯定吗?我们声音洪亮,
我们被世界看见。我们只需要这看见。

灯笼

孩子手里举着一只灯笼。
小区门口挂着一排灯笼。

哦,我们必须承认
一只灯笼带给孩子的欢乐,和一排灯笼
带给大人的欢乐
都不如二十年前那么多了。

孩子丢下灯笼,拿起了滑板车。
大人也把目光投向了更明亮的地方。

有时候,幸福
是用厌倦和忽视说出的。即使
一只灯笼,也在
努力进化,更红艳,更透亮,更轻盈。

但我们周围
美好的事物那么多。很难了,像那时候
那样一心一意地爱它们中的一个。

我在这里

依靠

妻子对我说
你是我最后的依靠。
她这样说，
我就知道她又遇到了难题。

她遇到过一些难题，
都解决了，
这个最新的难题，也一定会解决。
其实，在这些事上，

我多半帮不上忙，也无能为力。
但她说，你是我唯一的依靠。意思是，
在许多人反对她的时候，
我不能再反对了。

妻子的午睡

妻子
从睡眠中醒来,问我,你一直在喝茶吗?
我说是的。
她又问,那我睡了多长时间?我告诉她,
半个小时左右。

这个答复,她有点儿不相信,摇摇头,
还处在刚醒来的失神中。
她仿佛,做了什么梦。梦里
也许有一场战争
或者下了一盘棋。也许除了一个妖,
也许建了一座城。

我辛苦的妻子
白日劳碌,梦里也没有停下奔波。
她打量着
返回的尘世,觉得世界仿佛偷了个懒,
一定要她回来,才打算重新
驱动运转的日月。

我在这里

写给她

她的存在,使我体会到了,
"不再需要什么了的幸福"。每一次写到她,
她就笑,
打趣说,又不是情诗,还不如多干点儿活儿。
是呀,我只是
写到了一些习惯,一些琐碎,一些
来自生活的感悟。
这个年纪了,如果还来写爱情,简直弱爆了。
我写的是我的幸运,
我遇到了一个人,即将与她度过生命中最松弛
最无用的部分。

春日自叙

批卷子等到夜里吧,
春天的下午,就应该做这些
对得起
照在身上的阳光的事儿。

四十岁以后
我才懂,什么是幸福,以及我们身上
这些幸福的脆弱。
你看,我小心翼翼地走路

坐下时,给双腿
盖上保暖的毯子。我还没想好,
这些
诗稿交给谁。即使遇到不幸,

我也希望
托付的人温和,美丽。她一首一首挑选
我的诗,感动的时候
就抽泣一会儿。

我在这里

态度

"到处是战争和瘟疫",
一个朋友如此写道。他是愤怒的,为这些
八竿子打不到的或者
身边的事物。

"而我的茶台平静明亮",
这是我写的。世界很大,在它的动荡之中,
足以放下一个人的厌倦。但,
这就是问题。

拷问我,也拷问他。
一个诗人应该如何发言,宁静地独立,还是
加剧这世上的不安。没有答案,
在世界,在诗里:

他贡献真挚的愤怒,
而我贡献一片安然的书桌。都对吧,我知道
有些事物归他拯救,另一些
事物将与我为伴。

青山不改,绿水长流
——和常美

分别时,
要抱一下拳。说完这句词,要果断地甩袖
转身。仿佛与一个人分别
是各自奔赴
大好江山。你瞧,翻飞的衣角又
卷起了尘埃。

要有一匹马才好。
一个人打马而去,另一个大步流星。单凭走路
也走出了一个队伍的气势。仿佛
前途广大,仿佛这次相逢
只是
人生稍微停顿。

仿佛不会病痛,
不会老去。仿佛功名和财富,将会从天而降。
仿佛前面真的等着
一个未谋面的爱人。啊,因为太美满
而带来了疲倦。我们拂一下衣袖,
仿佛是为了
把这幸福的烦恼拂去。

我在这里

群山之上

那里是天堂,是我们的归宿。
但,现在
我们要先在地上受苦。

低着头拉犁。低着头拉犁。

现在是落日,过一会儿是星辰。
要圆满了
才能回去。

顺应,忍受。仿佛
我们今生受的苦,是那里永恒
流通的货币。

低着头拉犁。低着头拉犁。

一杯奶茶,
要你今生上司的一次训斥来换。
如果你五十岁
还在哭泣,六十岁还从噩梦惊醒,

你将获得鲜花

桌子，和放置它们的带后院的房子。

低着头拉犁。低着头拉犁。

偕美人旅行的机票，
要骨折一次。而美人，要你整个一生
怀才不遇。

如果要幸福
这一世你要写过很多诗，痛苦绝望地
看着它们成为废纸。

低着头拉犁。低着头拉犁。

我在这里

应该有一本书

应该写写
我们的故事。谈天说地,讨论和我们
不搭界的时事。应该记录
我们的争辩,心软的那个最先退出
赌局。应该拍下我们养过的
植物,它们蜷起叶片
是因为醉了酒。应该回忆我们喝过的酒,
几个女人男人在桃林里
结义。应该夸夸我们煮过的茶,色泽
像琥珀,香味像梅子。
哭,笑,打喷嚏,我们念书,写诗。
回过头来
就给自己颁奖。应该
有一本书,因为我们鼓了掌,因为我们
遭遇的投诉。我想好了,它的
封面是一片雪,
道路上有车辙和足迹。它的封底是
一地红包皮,我们拆开了
其中的情谊。

篮子里的花

一

那个女性没有出现在照片里。

但那篮子是女性的,那花是女性的。
那束花摆在那篮子里的姿势,是女性的。

草地上的光是女性的。
那篮子放在草地上的状态,那么舒展,
是女性的。

她可能捋了捋头发。
对设置的场景,她自己也觉得又舒服又满意。

这不全是猜测,
这是照片里缓慢而静止的情绪告诉我的。

我猜,她还想再待一会儿。
暮色里有吸引一个女性的秘密——
这个秘密有花篮的事,但不仅在花篮里。

我在这里

二

那篮花,现在放在一张桌子上。
还有一筐青花椒,花椒旁边是洋葱和辣椒。

有必要使用一个词,洁净。
有必要使用另一个词,秀气。

我是说,桌子
和它上面的事物都闪着洁净和秀气的光。

那是一个少女侍弄过的。
好像也能把光芒擦净一样,她也擦拭了那些光。

角落里,有剥蒜留下的皮。
如果没有这点儿琐碎,就没有了刚刚操持过的
　生机。

就不是一个劳动过的桌子,
就不是一个做饭中的,少女的手的快乐和忧郁。

三

今天是第三天。

没有花,也没有桌子,但少女还在。

我们在说院子,
一个月不见,院子里的草长得有些繁杂。

这时,少女从云朵里下来,
骑着羽毛和光线。告诉我们,她喜欢

阳光和植物。喜欢那些
沉默,但是宽容,充满着善意的东西。

听上去,她也喜欢那些草
像是那些草,也长着一颗心脏,血管里

流动空气和水。这是想象的。
在我内心里,好的事物,必须清澈,透明,芳香。

我也是在说,植物阳光和水。
它们构成了,这个世界善的那部分,然后

把它的钥匙
轻轻递给了一位青春中的少女。

我在这里

四

快乐的时候,允许有一点儿凌乱。
欢喜的时候,允许有一大片凌乱。

多么喜悦的少女,
她的花儿,在今天失去了优雅和秩序。

像一把拔下来的,
像随意堆在了一起。橙红的在青色白色之间

探出头,说抱抱,说渴。
少女照顾不了那么多热情和爱了,她急急忙忙地

安置它们,甚至没有准备好篮子。
她的心思已经从春天,换成了初夏。

雨水纷纷地下来,在淋到地面之前,
先打湿了她的睫毛,嘴唇

——是的,
女孩子颤巍巍的青枝和花瓣。

五

晚餐前,但也可能是晚餐后。
某一个窗子,或某一个阳台,窗帘耷拉着

外面是很深的夜。
屋里开着灯,不很明亮,但也不是很暗。

不适合拍照的环境,
但她认真地拍了。内容还是瓶子里的那束花,

但,更可能是
这束枯萎的花落在茶几上的花瓣。

该如何理解凋零?
当磨损一切的时间,又磨损着一瓶花的枝叶与
　花瓣。

那一束花叙说了什么?
或者时间如何扯动了一个人的心弦?我们知道,
少女被这个世界的枯萎感动着。
而她刚开始绽放,刚还在发愁于自己的微微
　发胖。

我在这里

屋顶长出青草

屋顶长出青草,家蛇垂下房梁。
想给你写封信,告诉你我现在的幸福。

来到乡下已经一年了,小虫和植物,
再一次用它们的宁静拯救了一个人的灰暗。

另一个人的离开成为好事。
心里腾出的空间,恰好去盛一些犬吠和炊烟。

我爱上了自己的空荡。
像我的羊一整天,都啃食着青草、河滩和落日。

给你写封信,带去业已衰老的致意。
在里面夹些花瓣、树叶,以及安详的字句。

邮递员下午才来。
饼和粥都盛好了,等我去菜园里揪两根小葱。

晚霞或击壤歌

河对岸的天空在播放巨幕电影。
刚刚到了落幕的时刻。
如果我从河对岸回来,必然一场战斗刚刚结束。
如果我向日落处走去,必然是流浪的骑士回归了故乡。
而我,仅仅坐在长椅上。
那也好,那是一个垂暮的老人,忽然忆起了当年的辉煌。

笃定
——回小燕

爱,并不总从爱里诞生。
有时,
它也来自苦难。
有些人的性格
是自己铸就的。但无须说起自己的坎坷——
他打碎过自己。
然后,
用了十年粘好了自己的碎片。
噢,
我是说,温暖,就是一个贫穷的屋顶,曾经破过
现在补好了。

烂柯山

历史没有记载
我回来以后的事。要记,无非是物非人也非。
一个旧人要在新时代
过完他莫名的生活。要记,无非是,
定居
某村,娶村西一妇为妻,无子女,寿七十。
内心的凄苦,夜晚的惊悸,
在纸册上
终会略去。如果运气好,墓里将会放着我的
斧子和时兴款式的寿衣,
一个老人过去了,
没有人说,他是来自已逝的某个星辰的光,
故乡不在了,
他依然孤独地照耀了这里。

我在这里

白鹭或白鹅

我愿意
把柔弱的白鹭养成白鹅。我愿意
我爱哭的女儿
长一点儿肉,获得一种通俗和蛮横。我愿意
她伶牙俐齿
脚踝粗重,我愿意她奔跑,而不是
飞翔。我知道
孤独的飞翔,不一定找到食物。我愿意
她适应乡村和人类,偶尔像恶霸
一样,胡闹和
嘎嘎大笑。我愿意她不怕任何虫子
和飞蛾。我愿意
她赤脚走过泥路和柏油路。我知道
有人爱她,但需要
付出一根鹅毛的代价。我愿意
她只取下这一根
欢喜的时候,是柔软的扇叶。复仇的时候
是沾血的匕首。

废弃的诗

诗人坐在火炉前,翻阅
一生的诗稿,他想挑出十首
留给儿子做永恒的留念

这一沓粉色诗笺,
有一半是写给其他女人的情诗
它带来欢乐也随即像肥皂泡破灭
诗人把它丢进火炉毫不犹豫
另一半是写给妻子的,诗人泪水涟涟
"你的母亲她一辈子痛恨诗歌,
她觉得文字比一碗粥肤浅"
于是,这一半也被火苗吞没

这些蓝色的诗笺,是写给朋友和兄弟
"我们用酒来欢乐,用诗歌颂欢乐
但终究没改变什么,
没改变距离和深处的自私"
火苗旺了一下,这些诗闪耀后彻底消失

这一沓灰色的诗歌,是诗人写给自己的
"没人的时候,我写诗给自己
一切都是虚幻,只有孤独和忧伤是永远的

我在这里

这些你没必要懂,甚至你最好永远不懂"
手颤抖着,把它投进火里,
像投进了自己的灵魂

诗人手里只剩下一支铅笔,诗人眼睛一亮
只有笔或许有无限可能
诗人写了此生的最后一节诗歌
"你看这支笔,写了那么多无用的东西
我没有力气了
你帮我把它折断。"

墓志铭

你伏下身,辨认这几行小字的时候
我已经归于平淡,像我曾拥有的少年
那样干净简单
我的老年,是微风中的水面,
有细碎的幸福光辉
我一生中的大部分时间,都困守在一隅
而内心剧烈的奔突
让我无法懂得缓缓行走的愉悦

看到这里,如果你觉得我仍可信赖
请你帮我扫去右边的墓碑的灰
那是我的妻子,她用水一样的温存
消解了我半生的悲哀

我在这里

寿眉

终于知道
如何爱这个世界了。就是安静,安稳。
封闭了也不抱怨,
坐在明亮的陋室,慢慢地饮一盏茶。

终于懂这种植物了。
它的珍贵,在于有两次生命。
阳光赋予它一次,沸水赋予它另外一次。
活一次,再活一次,杯盏里,浮动着它
又一生的甘苦与卷曲。

终于明白
为什么要写诗了。心里放不下的东西,写下来
就留在了纸上。读它的人是另一世了,
她抓住这些字句,
品到了今日的困境和芬芳。

孩子们的网课

现在可以吃点儿东西。
如果我愿意,蹲在椅子上上课也不是不可以。
天太热了,学生回答问题的时候
我撩开衣襟,露出肚皮。

我喜欢
网课期间这种自由。这在以前,是不可想象的。
如果我的学生
在另一端躲在被窝里听课,我觉得
我没有理由生气。如果我讲得沉闷,我甚至
允许,他们脱下一只袜子,丢向
虚拟中的声音。

我们都不要那么死板了。
刚才我提到的举止,都证明我们活着,而且
有微微的幸福。幸福
是多么珍稀的东西。

我在这里

巢

先是一棵树,
一只乌鸦站在低枝儿上鸣叫。
另一只
乌鸦出现了,它们翅膀扇动着翅膀,
爪子扑打着爪子
嬉闹着
一直向上。然后是另一棵树,高枝儿上
树枝搭好的巢
出现了,它俩分开,从不同的方向
守望着自己的巢。
我一下子
感动了。当我从远方回来,看着自家
亮灯的窗户,
眼睛里,也是这样又安静又温柔。
以前,说到这些,
我是在说家。但现在,写到这里,
我是在说远方。
我们也需要
一个让自己疲惫的辽阔的远方。
泪水
都是这样流出来的:望见
自己小小的家,
而身体站在空旷的枝儿上。

第十六封信

出发的时候,
有壮士断腕的想法。可是,又不很疼,就当
扔掉一件旧东西吧——它曾经明亮
这明亮——

一言难尽。心里还是有了一块空虚
这空虚,促使我一路上睁大了眼睛,想找到一
　些东西
压住它。

多美呀,工业时代的烟囱,
和它蓬勃的烟气。连我自己都想不到,这一天
人类的造物,在感染我。

——人类。作为整体
多么成功和辉煌的种族。它甚至俯瞰了太阳系。
可它的每个个体,依然脆弱迷茫和孤独。

迷茫的,此刻,我。真不愿意
写这封信。窗子,如果见面,你希望我是微笑的
还是忧伤的。我还没学会

我在这里

长久保持微笑的技艺。回来的时候,
我想再次看到那三个烟囱,但没有了,导航带
　我们
走了一条更近的路。但我知道

那感动,已经在心头矗立。为了和它做伴
我拍下了
高压线,桥梁,加油站。

人类已经站在了
即使作为人类本身,都要仰望的高度。导航说
你只要叫小度,就能到你想去的地方。

但我知道,我想去的地方
它去不了。窗子,很高兴,我们还有科技无法
解决的问题。很高兴

我还是那个
矛盾又纠结的人类中的一个。

第十七封信

窗子,为什么一个
失败者可以得意得像一个征服者?

这是第二天,我从低谷中恢复了。
不仅是恢复,我心中
燃烧着明亮的火。站在冷风中,抑制不住想飞。
灌下一瓶冰可乐,还是想飞。

这个台阶湿漉漉的。左边有人
右边也有人。翅膀要控制不住了,它要伸出
胸腔了,我裹紧羽绒服,才能
盖住它的呼啸。窗子,我要回家

喝一盏茶。
给你说过的那种,温和得想要
把所有野心融化。茶台上放着那棵植物,
一棵不肯在冬天
开花的梅花。给你说过的,它的叶片

像翠绿的眼睛。
此时,这棵有着主人一样性格的植物,在笑。
它的眉眼多像一个情人。

我在这里

开花——哦,不,它就要这个样子

蔑视着季节。而它的主人
也这个样子,蔑视着时间——
你看,镜子里又多了几根白发,它们

闪烁着银制的光泽。
仿佛奖章。那一刻他觉得自己是美的——松弛
  的皮肤,
深深的沟壑。
他觉得自己有一股英雄气。

他说窗子,记得为我喝彩
——喝下这盏茶,他就去打虎。

第十八封信

一整天,
我都停留在,透支写作之后的空虚中。

灰蒙的一个白天。
平庸的一个自己。为了点亮点儿什么,
我洗浴,理发,穿了件雪白的衣服。

但没有用
——江水流得很慢
一只白鹭,偶然地飞过空荡的水面。说不清的
苍茫和孤独。

翻看了你的旧信
你说,江水和别的什么水是不一样的。
因此常羡慕我。

很惭愧,霸占了这么好的一个位置。
它叫吴淞江,顺流而下
是黄浦江,逆流而上是太湖。它连接了两个水系
但没有一个帮我们轻易抵达幸福。

它有涨潮和落潮。

我在这里

这和内陆的河不同。其实就是,傍晚时分,大
　海把它
收集的水,还回来一部分。
你注意看的话,有美好的波纹。

好了,说说你吧。
你好像突然忙碌了,除了偶尔的回信,
经常找不见人。那个话很多,
古怪精灵的诗人不见了。

这使我
也常常沉默。既孤单又沉默。总是
把目光伸出去,再空空地
拿回来。

傍晚的关系学

去看落日。
一个人坐在台阶上。小小的一个人,却凭借着
 很大的孤独,
平衡了一条河
和它对岸的漫天霞光。

秋天

秋天,凉爽起来。
这是一个多么适合劳动的季节。作为一个
温顺的智力劳动者,
应该坐在窗子前,批批作业,
做一套卷子。这个年纪,纸面上已经没有
难得住我的题了。但孩子们
依然不会求解——他们打闹,
嬉笑,把烦恼的问题轻轻就搁置在一边——
这让我欢喜
又担忧。他们是未来,是这个时代
最轻盈的那部分。
而我们,因为肩负责任,所以
沉重。有时候,
我们也笑,
——是他们的笑带动的。有时候,
我们生气,
——是他们笑得太恣意。其实,我并不确定
带给孩子们的都是
正确的东西。所以,我会少留些作业,
给他们
和自己一点儿阅读的时间。这么好的秋天,
我们都应该

在纸上开始飞翔。多不容易呀,他们是第一次,
而我们,是遗忘很久以后
重新捡起来复习。

我在这里

阳光好的时刻

光一会儿好,一会儿暗。
光最好的那会儿,妻子和我在光里对坐着捶腿。
那真是幸福的时刻。

妻子问我,
客厅打扫得算干净吗?厨房归置得算整齐吗?
这些问题总是能问住我。在她眼里,
我是个对干净整洁无感的人。但她还是要反复问,
我还是要犹豫着回答。

我们对家庭的理解是不一样的。
她一定要有条有理,清清楚楚地打理完才肯休息。
而我,
回家看到妻子在厨房,儿子在卧室,头尾浑全,
就觉得美好幸福,太平无事了。

像这样坐在阳光下聊会儿天,是不多见的。
她一定要洗了碗,晾了衣服,而碰巧还有阳光,
才会邀我坐下。
而我,只要阳光好,就会放下手头所有的事务,
去喊她过来。

在我眼里，只要阳光照在两个人身上
就是幸福了。家里越乱，越贫寒，两个人越老，
这幸福就越真切。而最好的，
就是，两个人，永远带着一点儿疼痛和局促。

我在这里

我的诗

请原谅,
那个庸俗的诗人,又在往句子里
添加
至少三个加号的糖分。

请原谅,他语句直白通俗,
爱写
你们已经厌烦的,阳光,晚霞,河岸。

请原谅,他偶尔依靠灵感
大多数时候
依靠写作的惯性。请原谅,他
生活平淡

没有激情,对爱的向往
永远停留在向往中。他已不年轻,但
仍然学不会深刻。

请原谅,
他写多余的这一段,只是没想好结尾。
他想给出一点儿力量,
但给出的
只有熬夜批改作业后的疲倦。

阅读

好的诗,
让人有创作的冲动。但更好的诗,
让人绝望到想放弃。
总有一些
精绝的技艺,超出我们思考的边界。

一些诗,好得有道理。另一些诗,
我也认为好,
但讲不出好在哪儿。世界的真理,一部分
用数学表达了,更广阔的那部分
交给了诗歌。

越来越不敢
对坏评判。害怕一发言,就暴露了
自己的局限。坏诗耽误时间,
但敢写坏诗的人,
都有风度,而且有趣。有时是一种幸福,
看着自己
又把诗写坏了一个。

意识到自己愚钝,
却反而心胸放开了。像一缕烟尘,融入了

我在这里

透明的天空,像一滴水,
爱上使它消失的江河。我爱这缓慢的阅读,

爱另一些诗人
写在这里的情绪。我常常不得不放下书卷,
长久地陷入嘈杂与琐碎。
我知道,中午
读到的语句,会在夜里的某个时刻
从晦暗中把我唤醒。

秋天的读本

你早已停止了写作,
而我还每天一诗坚持着。但这只是多年的习惯,
内心的激荡和书写早已停滞。
落在纸上的句子,
让我惭愧:它们已经不再是诗。
窗子,你怎么想,
我们企图
用写作抵达的平静,如今依靠不写实现了。

平静,宽阔。仿佛溪流
绕过急弯,到达了它的下游。我是那平稳的水面。
很奇怪,原来的奔突中,只想着出路,
而今一切落定,却
没什么值得思想的东西。平静,宽阔。一览无余
的清澈或者厌倦。

从没想到,
竟然如此深处着自己的孤独。我可以在阳光下,
坐一整个下午,不思想,不写作。
只是那份温热
就让我受用。窗子,我无数次想,我应该阅读
恋爱,捉进一只鹰,让它

我在这里

搅起波澜。但马上又有一个念头浮起：

就这么温热地，
舒服地，平坦地过完一生，不好吗？是的，窗子
我倾向于后者，我们
平凡的幸福
就这样实现了——不需要写作。

深居的神祇

我曾在至暗的时候,
寻找神。
现在,在欢喜的时候,寻找。

那灿烂的阳光,
深沉的黑夜,是神安排的。
那清水,食物,房屋,集市,道路
是神安排的——

他安排我们自行创造,
通过
在我们身体中,注入对善和美的追求。

注入了起始的
善和美之后,他就退回到了星空深处。
然后,我们
创造了如今的这一切和将来的更多。

每一次寻找,
他都指引我们,回到自己内心里那团闪耀的光。
因那一点儿光,
我们脱离了其他物种,成为人类。

我在这里

暮色四合

只有在夜幕降下的时候
我那间亮灯的房子,才成为这个世界的中心。

而我的心脏,
是房子里唯一跳动的东西,它同时也成为,

这世界里唯一砰砰运动的抽水机。
我常感觉,我心里的所思所想,

就是世间的所有思想。常常恍惚,
如果这世界失去平静,可能来自我的失误。

所以
我小心地翻书和走路,甚至管控着自己的肉体:

呼吸,心跳,撩动眼皮
都尽可能地趋向——平易,干净,简单和欢悦。

我不能不如此
我怕这个世界,突然因为晦涩,艰难而倾斜。

落日美学

我的儿子,
剃了个光头。这是他对世界的抗拒。
我把这件事记到这首诗里,
这是
我对世界的信任。
我认为的诗,总是可以容纳任何东西,
而不会
觉得突兀。落日如此,
河流如此。在落日和河流的旁边,是
我们的房子。我的儿子
已经很久
没去上学了,这不是美好的事情,但它
依然是
今天的落日照耀着的一个事实。

我在这里

无神论者的晚祷书

不信神，
所以，他向心上的善祈祷。感谢你，任由
一个人解释你的美好，
并进行
他拙笨的实践。他选择了平凡，但你给了
他宽容。平凡的生活和宽容的心，
约等于一条河流
缓慢的力量，你给了他这条河流。
他选择了贫穷，而你又
赠予他心安。贫穷和心安，略大于一片
田野的富足。你给了他
丰收的田野。他经历了坎坷，而你给了
他对人类的信任，这使他
成为一个诗人，他的句子，装入了
对你的向往，每一行
都是
撒给苦难世界的红糖粒。

鸢尾花

舒缓下来的悲哀,才具有力量。
奇异中显示出宁静,才成为一幅画。
这不是蓝色的问题
也不是笔触的问题,
这永远都是一颗心的问题。
你给过它什么?疯狂,饥饿,孤独,忧郁。
这是一颗干净的心呀,
当它慢下来
所有浑浊的水流,都在这支画笔上归于清澈。

我在这里

晴天里的人

她坐下,
台阶上折断了许多光线,她就坐在
那亮晶晶的碎片上。

她起身,
玻璃里就起了波纹,要到达明亮的另一地。
只有穿过稀薄的糖汁。

爱她,就是
爱这微黏的生活。这样的生活呀,说起忧伤,
都带一点儿蜂蜜味。

石头有一点儿清香,
树叶也是。她把你伸过来的手,轻推出去。
每个女子

都依靠
自己的心性行事,而不依靠力气。她拒绝得很轻,
很美,但是很坚决。

新年问候

我读不了很长的诗,
你是不是也是这样?即使悲悯和爱,载着它们
　的是
很高明的技术。所以,你好,愿明年
我们的不幸都小小的,只有
短暂的伤心。

当然,我们的幸福
也要小小的,多余的,请分给另外的人。一小
　会儿开心,
就够了,大多时间里,我们做一个踏实的人,
平淡的人。

愿我们干净,内心里的
浑浊
像一碗水静置一下,就能涤清。睡眠要沉,偶
　尔美梦,
偶尔噩梦,醒来就忘掉的
那种。生活要安稳,

有切合实际的愿望,
稍稍努力

我在这里

就能实现。挣到的稿费,就买几本书吧。买了
   书,要读,
愿我们有这样的心情时,也恰好有
合适的时间。愿小孩子有一点儿任性,愿母亲
因为孩子们的调皮
感到快乐。

要出去旅游,
没钱出国,就到郊外走一走。看看树叶,光线。
   美好
在你愿意感知的每一处。把屋子
打扫干净,
喝点儿茶,做好晚餐之后,就看一看星空。地
   上没有的
天上有,天上也没有的时候,
我们内心里有。

给非木

要过新年了。他是跟鱼过,还是跟酒过,
是个谜语。这个粗鲁的人
竟然是个好父亲,这个粗鲁的人,竟然
是个好儿子。这世界
庸俗的同时,也在创造奇迹。他就是那个
最庸俗的奇迹。他活得又扎实,
又飘摇,
让我嫉妒得有些愤怒。祝他新年快乐吧。
只有这个时候,我像
他的敌人。

我在这里

她昨天来信说

她要写诗了。这有点儿惊喜,
但不奇怪。属于诗歌的,岁月最终会把她还给
　　诗歌。
这东西,只要爱上一次,就是
付给了它
我们的一生。兜兜转转,我们又回到了第一次
　　吸引
第一次感动

第一个句子和句号。但她说,
不知道写什么。这也不奇怪,我们的一生,总
　　是从
迷茫开始,从哭泣开始。不知道为什么,
我们就是有这样的悲伤,有这样的
喜悦。迷茫中,
我们又写下一个句子,等着关心我们的人,轻轻
叩击我们的门。

白马

那嘎嘣的声音
是我的马啃着春天的草地。妻子和孩子们不愿
看到一个悲伤的诗人,他们
递给我
缰绳和马鞍,让我去天边取他们的快递。他们
觉得轻微的劳动
能改造一首诗里的空旷,即使只是一些纸巾
和糖果,也能带来汗水
和快活。经过河流和湖泊的时候,
春天到了。
我和我的马,准备在这儿住一段时间,我们
都等着
内心的忧伤在暖风里变软。

我在这里

我居住的城市

儿子说,你的灵魂里
没有这座城市的气息。但他有,他的少年
在这里长大,如今
喜欢唱歌剧。是吧,我能摸到我内心的
土坯房,河流,落日
和河北梆子,
但我理解不了花呗,月光族,某一款痴迷的游戏
和哼哼哈哈的歌剧。他说,
你写的诗
是郊外的诗,挣得是乡下的工资,花钱方式
又小心
又土气。是呀,我是穿着休闲装的农民,焦虑于
物价飞涨。而他一颗艺术的心,
正想办法
挣脱庸俗的工作。他说,你的内心已经和现实
和解了,或者说
败给了生活。他说,他不,他还没到被打败的
年纪,没有得到过爱情,
和爱情牵来的关于柴米油盐的恐惧。他说,父亲,
这些你都有了,可以像个
平民英雄
那样失败了。所以,父亲
我羡慕你。

群岛

我夜里睡得很好,
呼噜声
带来早晨妻子几句幸福的抱怨。

欢快又平静地老去,
是这片海域所有打鱼人的愿望。中午的时候,
南飞的大雁在滩涂上落脚。

该去储备过冬的食物了。这个活儿
以前是我,
现在是孩子们。孩子们已经长成青年。

他们把渔获,醉酒和奇遇,
留在岸上。然后,
把布匹,粮食和咳嗽,带回岛屿。

我在这里

雪

母亲电话里
喊我起来看雪。呀,雪真的在下,纷纷扬扬,但地面
只有隐隐一层,是的,
它刚开始——
或者幸运,或者悲伤——刚刚开始。

刚刚开始的雪
又停了,也许只有短短的两个小时。我看着
地上的字迹消失,
一转眼就是干燥的地皮。阳光明媚呀,
一场雪
或者幸运或者悲伤,结束了——

过了好久,
我才理解,我的喜悦来自哪里——是
开始,
也是结束,我喜欢:它的短暂。像我们的
命运,幸运或悲伤,
就一会儿。不影响什么,像我们人生的小,
家庭的浅,哦,
那样薄的幸福与苦难。

喜鹊

亲爱的,
我不能和你结婚了。
我把自己的翅膀卖掉了,
换回来了鞋子,书包和口琴。
过了年,
我就穿着鞋子,
去人类的学校上学,
学习算数画画和英语。
想你的时候,
我就坐在墙头上吹口琴,吹一支
人类最忧伤的曲子。
我不再喳喳地叫了,我要
学习人类的沉默。
亲爱的,
我不能和你结婚了,我要学习用筷子夹菜,
用勺子喝汤,
你在树杈上开始新的生活时,
将会看见我,
穿着开裆裤,像人类的幼崽那样,哇哇哭着。

我在这里

百合花

从它的球茎,
攀上了花枝。我坐在,第二朵百合的花瓣上
想你,再想下去
就要跌到它的花蜜里。

忧愁,淹没在蜜汁里,
仍然是忧愁。单身的黑蚂蚁,再甜也是
单身的。湿漉漉的,我沿着最长的
那根花蕊爬上来。

如果你看我一眼,
我就能把自己晾干,如果,你喊我一声,
我就能生出翅膀
飞向你。爱情再小,也是爱情,也是光芒
和火焰。

如果你要,我会翻过
叶片,像翻越群山,如果你应允,我会拔起
这枝百合,像英雄
改写命运。誓言再小,也带着雷电,也带着
风暴,也带着神的皮鞭。

黑蚂蚁的神，
是很小的神。他为我们的食指系上红绳，
像创造我们一样，
创造我们的爱情。现在接受吧，接受一个勇士，
然后为他
生一个青嫩的小蚂蚁。

我在这里

星空

但此时——
星空的此时,重合了我们的:
弟弟从夜空下回来,
而侄子在找梯子,搭一条通向星空的路。

我走在大街上。
在旅馆房间里,我的儿子正捂着偏头疼盯着
　夜空。
零下十三摄氏度呀,寒冷
和璀璨,都同样击中了少年柔软的心。

星空很美。一个家庭的成员,各自完成了
对天空的赞叹。
明天,有人坐火车离开,另一些人开车。
行囊里背着水,思想里
闪耀着喜悦的碎片。

青瓦
　　——写给常美

对于江南的青瓦白墙，
我一个朋友有很深的认识。他说，墙上的水痕
　污渍，
能看出山峰，丛林，鸟雀和流水。

我因他的发现，更喜欢他了。
他叫常美，名字是真的美，面孔是真的丑。我
　喜欢他，
是因为他又黑又坚硬，
能看到整个世界的煤矿，井架和铁。

我在这里

错误见解

一首诗里
要出现祖国和人类。而另一首要提到妻子和马匹。
所有的叙述,都要写一下
孩子们
和我的衰老与幸福。如果可以,
涉及一下河流和星空。蜡梅,茶台,一壶水和它
烧开前的平静。

是的。我愿意
写这样的诗,或者说,我愿意这样去写诗。
我愿意,任何时候,
都保持与理想与正义这样的词的联系。天黑了,
把兰花搬回屋里,要允许
我悲伤一会儿,
因为人们的灯,和来不及实现的理想。

当我写得艰难

当我写得艰难,
我会扔掉笔,狠狠把求好的念头抛掉。

任何事过多占用心神
都是罪过。

我必须松弛地站在课堂上,
必须投入地,和我的妻子和孩子们微笑。

只有我知道,
平静或者那个庸俗的生活,有多重要。

那是多少人对我的期望——
即使美,即使艺术,即使真理也要抛掉。

我只有在假期允许自己写好一点儿。
不影响什么的时候,

我才接受自己的痛苦和哭泣。

桐木

小学在一所庙里。钟挂在屋檐下。
我和小伙伴在桐树下,
又喊又叫,浑身泥灰地玩着斗膝的游戏。
钟很快响了。
院子里,安静下来。
能听见桐花扑簌掉落的声音。
那些桐树已经三抱粗了。
做民办教师的母亲,告诉我们,生产队决定,
每个在任的教师退休后,
都可以伐一棵,死后做一口棺材。
多好的桐树呀。
母亲又叹息又憧憬。
那一年,我六岁,我的母亲刚好二十八。

等我走后

你就不用再忍受闹人的呼噜声了,不用提起枕头
隔开两个人的头。
但你要自己倒垃圾了。走下五楼,到小区门口,
拆开湿垃圾的包装,然后拧开水龙头洗手。

你不用再为肉和鱼烦恼。你不用再择一根大葱,
做满满一盆面条。你可以吃清淡的素菜。
但你要自己晾衣服了。你把衣服端到阳台,踩到
凳子上,才能够到衣架。你要一件件来,不能
　着急。

你会享受几天的清闲和放松。但很快,会变成
想念和寂寞。我会在你一开始想念的时候,
就回来,不会让你等太久。别问我怎么知道的,
因为我等同你,我也是先感到自由,接着觉得
　孤单。

我在这里

乌有镇

搬到乌有镇已经二十年
一来就遇到了
他的至暗时刻
然后
乌云极缓慢地飘散,直到某一天
人生豁然开朗
这些年
除了一些小病,他基本保持了健康
每天上班下班
去河边散步
除此之外
他都待在屋子里,埋头于阅读和写作
并体会到
柔软和满足
一生有这样一个地方就够了
他甚至
懒得去别的地方看看
这是他的居住地
但他
更愿意把这里填写成出生地
仿佛
一切都是从这里开始的

他已经不再需要
在这以前的任何一段个人历史
也不在意
除这个小镇以外的任何公共秩序
他和
乌有镇的关系,介于热爱和习惯之间
比单纯的爱
多了一点点
沉默和持久的东西

我在这里

鱼刺
　　——赠白瀚水老师

我是好了伤疤，忘了疼的人。
如果不处在被伤害的正在进行时，我就
觉得生活还算满意。

是的，
老白，我的幸福就是这么来的。
是的，
只疼了一刻钟而已，至少现在嗓子很好，
镊子和醋
很好，伟大的祖国很好。

书中的描写

所有的书都只讲了
它所看见的世界一小部分。书那么多,真理
已经分摊得很薄,你愿意相信的话,
只需要
相信那么一小会儿就够了,并不足以
让一个人
按照它的指导生活。讲历史的书,没有讲
那个教书先生
怎么拿到的文凭。讲教书的书,也没有
告诉你
什么是属于孩子们的快乐。现在
很多书
开始讲快乐了,也并不提醒,你所有的快乐
都应该在这个世上
有所收获。我的妻子和儿子,都不读书,
嗯,我的母亲
和父亲也是。只有我,把书堆在枕边、桌上,
临睡前和喝茶时
翻翻,但我也不是信任它们,我只是
了解一下,这个世界
又书写到
第几集了,到底诗人们说的自由和浪漫,有
几成可以实现。

我在这里

偏爱

那么多长椅,我偏爱这一个。
如果,上边坐着人,我就等到他离开再坐。
我爱它,
冬日洒满阳光,夏天遮蔽绿荫。
是的,它旁边有一棵大树,
好就好在
一到冬天,就掉光了叶子。
我是北方人,
生活在南方。
是的,我偏爱南方的物候里,偶尔显现一下
北方的气质。

初夏

我喜欢
这样的关系。一小丛酢浆草中的两朵。
不是突兀的仅有的两朵,
也不是
草地上无数朵中几乎没有瓜葛的两朵。
是的,
一个局部,一些伙伴,轻轻的
秩序中的两朵。

是的,我愿意
和你居住在一个小镇上,在一个单位或一座
　楼里。
当我做自己的事时,
你的形象和声音,是背景中隐约的但一直在的
　一个。
当我呼唤你,
马上就得到回应,如果你手头也有要紧事,
你就把"哎"字,
拖出了个悠长的上扬的尾音。

我在这里

暮色

我愿意
眼前永远横着这条大江
傍晚的太阳给防波堤镀上金黄
我愿意
白鹭停在滩涂上
它们在秋天飞回来取暖,春天飞向远方
我愿意
其中的两只在江面上展开翅膀,
掠过此处阴影,在另一边徜徉
我也愿意
看见孤独的一只,江风吹乱了翎羽
缩着脖子守在绳索上

消息渐少,话语渐凉
我了解这些疏远的意义
我像这大江,装下了春天的追逐
也装下了秋天的空旷
还有风吹过绳索,呜呜地叹息

不是

我居住的这座城市
它不是我的
我拍摄的美丽模特
她不是我的
这些你都知道

我写过的诗也不是我的
它们先于我排列成行
我的每一次哭泣也不是我的
只是某一种情绪路过身旁
我的每一次欢笑也未必是我的
虽然某些事会震颤我的心房
这些你未必知道

每一次的感动也不是我的
那只是一时的清爽遇见花香
每一次的争吵也未必是我的
那也许是一点点无聊勾起一点儿忧伤
这些你一定要知道

天空太清澈的时候,我会眯住眼睛
蔷薇最灿烂的时候,我收起相机

我在这里

无法走近你的时候,我别过头去
不能更爱你的时候,我选择分离
你,亲爱的,你
远离会让我们更熟悉,这个你迟早会知道

自画像

发质很硬，睡醒时往往走形
这样的话，头发不妨潦草地涂几笔
角落别忘添上几茎白的，不成缕
略有伤情

额头宽阔，没有光泽，
是一个伟岸的架势，却不曾有滋润的命
浓眉小眼睛，幼年时单眼皮，
如今双了，这是他胖过然后减肥成功
肉皮疏松是节食和锻炼双管齐下的后遗症

鼻梁笔直坚挺，多年的近视镜，压得
鼻根越发瘦硬，算是个正直的人
从不欺人，也接受了潦倒一生
脸颊有淡淡的酒窝，酒窝里
盛了半辈子的苦水，细看竟有安宁

唇厚嘴阔，能吃，能叫喊
吃起来从不挑拣，白菜猪肉最是美味
螃蟹最多两只，窝头请来四个
叫喊的时候多在课堂，声音穿越三四个楼层
所以平时沉默，喝大碗茶，养气培中

我在这里

这个男人实在谈不上成功
对自己选择的坎坷,不怨己
也不赖社会不清,这时候,
看了一眼镜子,半截子颓唐依旧
可惜了还有半截子年轻

想一想中午，想一想你

爱人，想你
于是我走向大街，融入人群
人们像石头，碰撞挪移调整方向
我穿一件灰绿的羽绒衣，走在夹缝里
你肯定能认出我，目光的漂移
我贪恋这凡俗的快乐
愿意出门带口袋，随时装满萝卜青菜
我假装自己是一个清静的人
中午生火做饭，然后洗碗，打扫房间
我只说，我老了
任何时候，我都绝不承认
孤单，而且想法迟缓
现在，我准备接下来的事
静静地想你
我怕羞，于是我上床
把这件有趣的事打扮成一个简短的睡眠

我在这里

对衰老的回答

终于不用再急着奔走了
你看着我,扶着栏杆挪动脚步
像搬动挤压的光阴
我看你皱纹垂下,胸脯平坦
眼睛里终于可以只容下你一个
完整的,陈旧的彼此
而不担心什么事会被再耽搁

谁说安详是温暖的,我分明感觉到
凉,那是一生的辛酸以宁静的方式呈现
我们曾经那么多次想要放弃
而生活还是给了我们一个结局,它不完美
总是有出声和没出声的哭泣
在夜晚揪住我的心

但这不重要了,那些憋着不肯说的伤害
现在可以细细地呢喃,对面的人讪笑着
有轻微的不安
果实挂在枝头,再有一阵风就会落下
虫眼和疤痕中证明我们酿的甜
因遭窥探而被记录在案

有一天我会见到你

如果有一天我会见到你
这一天一定阳光明亮
在酒馆桌子上能照见安宁的灰尘
也许,这一刻可以幸福一会儿
我抽烟不止,你有笑谈的兴致

你说你的儿子父亲和看书的兴趣
我杯中的啤酒呀,那苦味的音乐轻轻扬起
你最近写诗不多,我也不愿浪费文字
认识一个人,做一件想做的事
酣畅胜过键盘敲击

比如我穿过菜市场去了趟厕所
我以为这些时间够你落成一首新词
回来才知道你趁机付了酒钱
我们都在做实在的事
我认真地给你说,加两瓶酒,一碟花生米

我在这里

为什么不是榆树

我拒绝成为松柏
不愿意终生一副肃穆的表情
我知道它们也在落叶
但藏得太好,落得太轻
像中产阶级巧妙地掩饰着贫穷
我希望我能哭能笑,笑也大声,哭也大声
长叶子时我就拼命地长
落叶子时,我就在风里袒露我的伤痛
有一些在我的躯干
还有一些在我的心胸

口服液

如果汁水是蓝色的
就用透明的小瓶
如果液体透明
就让瓶体变成棕色
有了愉快的色泽
服药因而有了乐趣
它比一粒药片要有效得多
可以想象,为了包裹苦涩
我们花费了多少耐心和蜜
这么做是值得的
就像对于珍爱的孩子和女人
我们把婉转柔顺的话说了许多遍
才送上纠正她们依赖病症的小小的批评

我在这里

孩子

她懂了一些事
因此责怪我们
把鹅的翅膀绑得太紧
她说嘎嘎的叫声
是因为大鹅很生气
但三岁的孩子不了解死亡
不懂
黑脸的大婶把刀抹在鹅脖子上
是什么用意
她凑过去想看看
鹅的脖子为什么软下来还流出红颜色
我把她抱在腿上
蒙着眼睛
给她讲祖先的祖先的祖先
怎么爱护一只受伤的大雁
以至于
它乐意变成我们的鹅留在院子里
她很开心
咯咯笑着
用湿湿的嘴唇亲我的脖子
好了,去看吧
现在,那只鹅

洗去了血迹煺尽了毛
安静地躺在白瓷盆里
她小心捅了捅
确认
这是一会儿
我们要煮熟的食品
和刚才那只挣扎嘶叫的鹅
应该没有关系

我在这里

露水

晶莹圆润？或者想到了
秋天，早晨和草叶上的一束光？
哦，不，作为农民的儿子
我想到的是打湿的裤腿和鞋面
草叶的锯齿
在小腿上拉开的小口的瘙痒
但我的父亲不这么想
他觉得这是一天里下地的最好时光
露水消失的时候
蚊虫也晾干翅膀
开始一窝蜂地围过来吸血
他必须在这之前，结束地里的活儿
扛着锄头，提着鞋回到家里

想在小区里养只小松鼠

像我
它从北方辗转到了南方
像我
它穿过马路,躲过车辙,去另一侧翻找食物
像我
它小心地拖动果实,沿着湿漉漉的树枝,或者
　微雪的地面,留下痕迹
也像我
午后的太阳很好,找一个窗台或者屋顶坐下,
　晒自己的肚皮

清风的夜里
它会挺着自己的尾巴,遥望北方,半坐半立
那是回不去的故乡,因为想起一个无法相见的
　人,开始小声哭泣
这个时候,不仅是像了,
它
——就是我自己

我在这里

对话

晴天,有薄霾。光不那么鲜亮
街道上撒落了一些梧桐的叶子,扫地阿姨
没有来,她的男人代替了她
对于相互熟悉的人来说,职业没有高低
她曾经问我,何必那么急?孩子学不进
又不是你的责任
我也问她,何必那么急?树叶落下来
又不赖你

与谁人书

地铁口来往的人流
被车灯投影在对面的墙上
那么多
形形色色的微妙表情
都被省略成轮廓和它的填充
仿佛内心剥离了身体
直接在行走。一团又一团
停顿了一下,然后迈下台阶
相距几个身位的交错
被压平在墙面上,成为一个拥抱,
比你能想到的
所有相遇都更彻底,
仿佛是真实的
有那么一秒,我们宛如一体

我在这里

水珠挂在电线上

水珠挂在电线上
风一吹
它们就推推搡搡
失去了整齐
它们的透明身体
在电线和大地之间拔河
吸附作用
渐渐抵不过命名为万有的法则
但它们看起来都很不舍，
努力拉长身体

点灯
——致辛波斯卡

可以肯定了,辛波斯卡
他们用野蔷薇
搭配你盛年的诗歌
其实,不在乎是哪一种花
只要它是素色的

素色的。
当世界的一小片,失去颜色时
它就更纯净了,对吗?
辛波斯卡,忙碌的人中
只有少数几个写诗。

这几个人,或者说——
我们,在黄昏,铺开稿纸的我们
是不是一样的?当我们按下笔尖
先凝固的是,那盏灯照着手指的
一团虚影。

英语老师

这门课刁钻而不讲理
教英语的女老师不得不把自己变得靓丽
来鼓舞士气
这门课男老师基本没有活路
所以她们总得在读听力材料的时候
向别的学科租借男伴
她们真是美好的一群人,是话题和视觉的中心
她们老是在路上遇到坏人,以至于
坐在办公桌前还惊魂未定
她们偶尔也会说粗话,但这往往被当作情致
而不是错误。就仿佛她们用板擦拍击讲桌
用课本敲坏男生的头,怒气冲冲因美丽
而被发火的对象当作荣耀
她们的课堂充满笑声和尖叫,慢慢地我们习惯
并且羡慕这种别致的学习方式
这一波英语老师似乎不会变老,
有证据证明,她们的学科藏有保持青葱的奥秘
在一次高原的支教活动中
她们不可思议地成为唯一不曾吸氧的一群
这等同于宣告
娇喘微微是一种随心而出的气质状态,
和身体症候毫不相干

田野

野兔的巢穴,洞口青草依依
荆棘上残留着的几缕灰毛
在我们的想象里,
它离去之前刚刚抚弄过自己的脖颈儿

田野坦呈着它的秩序
我们走在田埂上,享受着清新的空气
这里的植株和水源都有归宿
主人不在,天黑时才回来关闭闸门收走果实

那时候,我们已经回到屋里
低下头,处理自己细小的事务
窗外是新的夜晚,神灵又一次挪动着它的星辰
睡着的人,听到了锻打铁片的声音

我在这里

赠非可

有个女人说，
我内心里有她想要的品质
沉默了一会儿，我告诉她，我这个年纪
已经不想谈什么内心了。
即使是拒绝，我依然坦白真实，
是的，终于到来了——内心的枯竭。

我减少了阅读，也很少写诗。
本来让我兴奋的那些，已经失去了
它们的感染力。周围依然生机勃勃，作为
陈旧的零件，我即将以某种方式脱落。
我后悔写过的那些句子

它们让我在今天更加难过。
你说，让土豆和玉米转交吧，这句话
是我今天唯一的快乐。我无法爱上
一个城市的建筑，但非常乐意给远方的
田野写信。一个下午，我都沉浸在
写信的情绪里。我写了抬头，

亲爱的土豆、玉米，写了后缀，
某场运动会检录处。中间并没有想好

要说什么，随便填了一句"寂静，就是
掀开已经藏好的声音"，那时候是八年级的
接力，呐喊声中，我听到
老丁崩掉了衬衣纽扣。

这没什么意义，但我觉得该告诉你。
所以，我写下代致非可，请土豆
用它的疤痕和泥，请玉米用它的芯子
或者牙齿和须。就这样吧，非可，
夜色很美，有一点儿寂寞，疼痛以及空虚

我在这里

雨夜

没有星,
雨有时候很小,不用带伞
有时候大起来,可以在亭子里避一下
坐在长椅上说着话,不必着急
多大的悲伤都会停下来的,这一点
天空和我们人类一样

看见菊花

这是今年
第一次看见菊花,白的黄的
都很干净,偶尔有一朵红的搭配着
仿佛熬夜的眼睛
楼道里除了它们的清香,没有别的东西
一直到所有人到齐,才有檀香,烟火
和抽泣声,把它们掩盖

我在这里

花喜鹊

母亲指着大杨树
告诉我,那是花喜鹊的窝,
每一年它们都会在旧巢上再搭建一层。
我从没见过搭窝的喜鹊,
我见到的喜鹊,都在树杈上或草地上走着
它们突然起飞,张开翅膀
像突然绽开的蓝白花朵。
它们美好的样子,很有道理,如果它们决定
流浪着,没有窝,
也一定有它们的道理。

存在的瞬间

我还在写诗……

其实,我根本不想写其中任何一句

写,只是习惯,
一种长年累月积存的恶习。我不存在于诗中。
它证明的恰好是对世界的游离。

但有一瞬,我感知到了自己……
那是你把我递过来的手再一次推开。

无法表达的。悲哀。我轻叩了世界的门。

我在这里

我第一次看见的雕像

第二次写这个场景了。
第一次写它的时候也是这么费劲,
修改了四五遍,依旧不满意。第六遍的时候
在纸面上把它改没了。但心里还有
还努力把它修剪成清楚
又有点儿迷离,某种诗的样子。

这一次的时候
我使用了破折号来进行两次转折。这有点儿像
用铁丝扭曲小树使它成为一株盆景。
我改变了它,用分行的语气。
但它不是它了,
不再是一团灰色的雾气。

我只好把它又改没了。
现在我递给你一张纸,一些潦草的划痕。
你看到的不是它
是我和它和诗歌和世界之间
磨合并表现出疲惫的关系。

明日去江东

一

打卦。荆棘丛生。
口述的迷茫
不是迷茫。大河向北拐弯,
我有越过河流的愿望。灵魂还在试探:
一个人的好
怎样成为他背负的负担?

二

要承认命运。
厌恶坐船的人,也厌倦了自己的内心。
走的时候,
也拉着手一起离开吧。
——小小的温暖,写这句的时候,
我捉住了
左眼落下的一盏灯。

三

夜。凉亭。月亮和酒。

我在这里

说起少年,你还记得
我闭上眼,循着花香走向你的样子。
如今此来,可是要换一副
月光的肠肺?当然不是,我的内里已然
苍白透彻,写作必然要经历的:
失神失血,损失掉
所有的颜色。

四

我敲击船舷。
此处遗失了我的剑。此处点燃了我的灯。
此处是我的居所。我的爱人
数着我的白发。
河流向北,遂有江东。
多好的一条路,两侧相接的梧桐。
那时没有病症
两个人,手扣着手。
羞涩或者坚定。

五

从天上来,再到天上去。
落在人间的一截流淌在揉皱的试卷背面。
课间操时,写了一节。

午饭后，写了另外一节。无法预计，
也做不到承继。就像地势的起伏，并不考虑
一个写作者的心意。放学的路上，
散步的间歇。在接它的云到来的时刻，
涂抹着最后的一朵旋涡。

六

摊开是彼岸。合上它是因为惭愧。
——这理不清的笔迹呀。

我在这里

亲爱的卡伦

亲爱的卡伦,
我现在在父母那里,暂时放弃了哀伤。
亲爱的卡伦
我明天要去看望另一条河流,两条河流
将在拐角处相遇。
亲爱的卡伦,
诗是可以不写的,我终于发现人生是人生,
诗只是一朵花,
我怀抱玫瑰去见你,
和只带着一颗心,区别不是太大。
亲爱的卡伦,
这两天北方很凉爽,仿佛人民的苦有一个尽头。
亲爱的卡伦,
天空就要降下露水,而我躺在长椅上看飞机飞过。
卡伦,
世界要想平静,人和人之间就要留够距离。
现在我已经知道
有些话跟谁都不说,让他们保留一些善良的想象。
亲爱的卡伦,
这里的黑夜来得很早,天和城市都拉上了窗帘。
真是一个好睡的季节,
我仿佛把缺的觉都补上了。现在就是想吃喝,
因为我心中莫名的快乐。

琵琶行

没有节奏，我们可以自己拍大腿。
而潦倒的经历，
我们谁也不缺。
哭泣是没有的事，作为平衡
你我的一地鸡毛中，
到处可见欢乐晶莹的物质。

为什么要写诗？
为什么朗诵中要发出悲音？为什么
要反复弹奏最重的那根弦？
为什么
你拍下我混沌的躯干？
然后赠我书籍，
摁下自己的红印。

读了我这首，
你就去睡吧。这个世界，已经没有东西
比一个人睡着了更珍贵。
而我看着夜空，
想起下午的云彩。

多好呀，

我在这里

再多的悲哀,都因为身在这么美的天空下,
而消融。
我们谈起具体的未来,勇气又回到我们身上。
这世界
让我们如此羞愧,它美,太灿烂
它干净,
除了去狠狠地爱它,我们已经别无归途。

具体

五木告诉我,
你不能歌颂空泛的农村生活或城市生活,
你要具体。
他有点儿不了解我,我对乡村和城市的爱
都是空泛的——
啊,田园的乡村,啊,繁华的城市!
就像我爱人类,爱世界一样,
我爱的就是
它的概念它的空洞,
因为它的空,我可以把许多情感寄托进去。
但不能具体,
具体到一个村庄迟迟无法实现的排水系统,
我就不那么爱了,
具体到一个城市拥挤的街道,高昂的物价
我就没资格爱了。
就像
人类不能具体到事件,世界不能具体到战争。
远一点儿,抽象一点儿
简单一点儿,朦胧一点儿才有爱,
而糊涂一点儿,笨一点儿,才有真诚。

我在这里

秘密

我是很简单的人，
但还是有一些杂质，就是说出来，
会让这杯水
震动，
有可能，这震动会影响到桌子
地板，这座房子，
以及
它旁边的河流的走势。

我不说，
是在等我们变老，熟透。那时候，
我挑出我的杂质
举给你看，
你只是轻笑一下，就原谅了，于是

——你也拿出你的。

在这儿坐着

会坐着几个老人
我喜欢他们代表的缓慢的路程的后半段

也会跑来几只鸡
我喜欢它们代表的生命的不重要的散漫

大多时候
是树荫长椅所描述的空旷的时间

我喜欢
这取消了秒针,不再催促的钟表

我会拍一下这处静谧的时空
但我的朋友并不知道这是治愈的一个药方

我的父母在这里,我的妻子也回来了
这是我娶妻生子,命运的潮水涌起之地

我也想不到
我理解它,是在我离开它的二十五年之后——

我的失败它消融了

我在这里

我的欢喜它接纳了

我对它的爱仅仅是
坐在这儿看天,留下几个烟头、鞋印和空瓶子

来自杂志

这大概是
这一年里最为闲暇的时光。我坐在台阶上
看身边的阴凉
变深,扩大,直到整个夜幕笼罩下来。
最为重要的是
我的心里
已经不再把这样的消磨视为浪费。它是必要的,

像人生必须经历胜利与失败一样。
旁边放着一本文摘
但没有翻开,也不需要翻开了——不需要转述,
我已经可以
直接在生命中获取我认为的知识。

我在这里

与五木书

客人走了,
给主人留下了一片狼藉。这残羹冷炙,像不像
一个人欢笑过后的后半生。当时
有多痛快,现在就有
多凌乱。五木,你要静下来,慢慢地
把它们理清,洗干净
抹布,用一点儿
清水。你要接受热烈之后,我们都已步入
缓慢的生活,你要顺从地
和衰老与平静
共处一室。五木,你要做一点儿饭,喝一点
　儿粥,
到小院里吹一下风,浇一下
墙根的月季。少喝一点儿酒,多睡一点儿觉,
但请按时起床。和爱人与女儿
通通电话,那也是
人间必备的药。是的,你要严肃对待吃药
像你对待诗歌一样,
你要关心自己,没有愿望的时候,就看看
屋檐和云。你要学会
这光阴交替中,快与慢的道理。我会在寒假
回去看你,你说过的,

你什么都会做，要做给我尝尝，而我的愿望，
只是在诗歌上，
赢你一次
打败你，羞辱你。要做到这点，需要
很大的运气，五木，来吧，
好好生活
我们都要攒着自己的健康和好运，在年老之前，
再盛开一次。

构思

每次看望父母回来,
我都对拥有一个别墅有了更强烈的愿望。
一家三代或四代
住在一起,
多好呀
老的照顾了,小的也照顾了
他们也互相照顾了
而我们
把一辈子要做的事
集中在一个院子里,就做好了,
多好。

这是一个好的构思。
我一遍一遍地,加深和细化着它,它已经
越来越丰富,越来越清晰
跟真实的一样——
一切都有了的那样的真实。

沿着白云的山谷

我的命仿佛借来的
多年前,我就应该蜷缩着死在长椅上。

为了活下去
我支付了所有我青春的粉刺愿望和野心。

剩下的衰老和平静,
我写成了诗,用来发表,迷惑爱着我诗歌的女人。

但我知道,
这好声名,属于我的药片、茶叶与烟卷。属于

水干涸后的河床,它长出了
另一条命中的青草,随着另一阵清风摇曳。

是的,我不是水了,
也不再是山。我喊自己泥巴,喊一个人故事里

附加的经历。它是折中的产品,
是设计失败而生产的胜利。只有它知道,

幸福是一种

我在这里

深深的哭泣。只有他知道,在借来的命中,

他只有幸福一条路。
他只能沿着这条路,面相温暖地走下去。

缓缓归矣

左舷窗,传来惊呼
她们看到了云层上的落日
我坐在过道上
看不见
但因为她们的喜悦而心生喜悦

右舷窗,又传来惊呼
那是飞机滑向了城市的灯火
我仍然看不见
但为之喜悦
五十了,经历了很多东西,没有经历过的

也有足够的经验去想象
一个人
渐渐老了,就是知道,云上,河上
都是同一个落日
天上,地上
都慢慢地接近我们的家乡

我在这里

人生五十

一个人幸福了,
就成为马达,带着她在意的人一起转动。

忙的人不用拜菩萨。
她做的事,是上天安排她做的。每一件事,都为
自己的圆满添上一块瓦。

枝条

悬崖月季死了,
但它的枝条仍然保留了优美的姿势。
我想
可以种一棵小小的爬藤,
让它看起来,仍然有青翠的生命。

这本诗集,
到这里就结束了。若干年后,我也会消失。
但诗歌仍然生长着。
你是那个种下爬藤的人,你的心意,
延续了
我的心意。亲爱的读者,

该合上这本书了。到院子里
看看,
看看星辰和露水。它们的喜悦落在
过我的身上,现在
落向了你。